BJÖRN HARMENING

DAS ZEICHEN DER FISCHER

Björn Harmening

Das Zeichen der Fischer

Historischer Roman

AAVAA VERLAG

1. Auflage 2012

Umschlaggestaltung: AAVAA Verlag, Berlin

Printed in Germany

ISBN 978-3-8459-0345-3

AAVAA Verlag
www.aavaa-verlag.com

I. Victima

Der Duft von gegrilltem Fisch zog durch die gesamte Domus und regte den Appetit von Antonius Saturninus Traja an. Er liebte einfache, leichte Mahlzeiten und konnte dem fetten Fressen vieler seiner Bekannten nichts abgewinnen. Maßlosigkeit war der Beginn der Selbstzerstörung und des eigenen Untergangs – das hatte er von seinem Vater gelernt, der Zeit seines Lebens nüchtern, ja beinahe asketisch gelebt hatte. Der Präfekt der Vigiles rückte seinen Diwan zurecht und erwartete das Morgenmahl, das ihm durch zwei der Haussklaven gebracht wurde. Die Fische, etwas Brot und frisches Obst wurden auf die Tafel vor ihm hingestellt und mit einem Becher Quellwasser aus dem familieneigenen Brunnen gereicht. „Es möge dir wohl bekommen, Herr!“, wünschte Sirius mit einem demütigen Kopfnicken und einem leichten Lächeln auf den Lippen. Der alte Mann diente der Familie seit Jahrzehnten und war inzwischen eher Mitglied als Sklave – zumindest empfand Saturninus es so; er fragte sich manchmal, wie es Sirius wohl selbst sah.

Der andere Mann, ein junger Gallier, wurde von dem Alten sozusagen angelernt und folgte ihm auf Schritt und Tritt. Die Zeit würde zeigen, ob er ein würdiger Ersatz für Sirius werden konnte.

„Danke", antwortete der Herr des Hauses und nahm sich von den Fischen und dem Brot, während die beiden Sklaven sich wieder entfernten. Saturninus genoss diese Momente des Morgenmahls, denn sie waren zumeist die ruhigsten und friedlichsten des ganzen Tages.

Der 35-jährige Mann trug sehr viel Verantwortung auf seinen Schultern, denn er führte die sieben Stadtkohorten. Es wurde von ihm erwartet, dass die Ruhe und die Ordnung gesichert wurden. Die von Cäsar Augustus vor etwa 60 Jahren zunächst vor allem für die Feuerbekämpfung eingeführte Truppe hatte inzwischen zusätzlich den Auftrag, neben der Niederschlagung eventueller Aufstände auch der hohen Kriminalität in der Urbs Herr zu werden – eine Aufgabe, welche die Götter auch dem Sisyphus gestellt haben könnten, wie Saturninus für sich feststellte. Die Vigiles waren militärisch aufgeteilt in Kohorten und Zenturien und trugen wegen ihrer ockergelben Tunika auch den etwas spöttischen Beinamen „kleine gelbe Männer“. Ihre Hauptkaserne befand sich in der vorgelagerten Hafenstadt Ostia, doch auch in Rom selbst besaßen die Vigiles entsprechende Unterkünfte.

Die Last, die Saturninus trug, war also recht groß. Dennoch ging er dieser Aufgabe gern und mit all seinen Kräften nach, denn er war mit Leib und Seele Römer und glaubte an das Gute in dieser Stadt und an das Recht ihrer Bürger, in möglichst hoher Sicherheit zu leben. Aus diesem Grund hatte er auch viele Neuerungen in die Arbeit der Vigiles eingeführt: Er ließ Tötungsdelikte von den Schreibern festhalten, damit er sie auch später noch zurückverfolgen und Parallelen mit anderen Fällen feststellen konnte. Und er ließ seine Männer im Zweifel Verdächtige beobachten, wollte über jeden Schritt und jede Handlung der so Überwachten Bescheid wissen. Auf diese Weise hatte er zum Beispiel drei Giftmorde einer „unglücklichen“ Witwe aus einer Seitenlinie des Hauses Agrippa aufgedeckt, deren Ehemann und seine beiden Söhne aus erster Ehe an einem unerklärlichen Fieber verschieden waren, wie der Familienmedikus es fälschlich attestiert hatte. Dieser war nämlich gleichzeitig der Geliebte jener Witwe gewesen und hatte dem Ehemann und seinen Söhnen Gift verabreicht, so dass die Witwe nun die einzige Begünstigte des recht erträglichen Vermögens ihres Ehemannes geworden war. Dies hatte der Präfekt dann in einem Verhör – und zwar ohne Folter – aus dem Medikus herausbekommen, indem er ihn mit Fakten aus den heimlichen Beobachtungen konfrontiert hatte, welche dieser schließlich nicht mehr hatte leugnen können. Saturninus glaubte nicht an böse Geister oder den Willen der Götter, die oftmals als Erklärung für seltsame Todesfälle in Rom herhalten mussten. „Glaube nur an das, was du siehst und anfassen kannst“, war einer seiner Grundsätze, an die er sich felsenfest hielt. Seine ungewöhnlichen Methoden hatten dem Präfekten anfangs sehr viel Skepsis und einige Widerstände selbst bei seinen eigenen Leuten eingebracht, doch der Erfolg gab ihm recht und die alten heimlichen Vorwürfe, gar ein Augure und Begünstigter der Unterwelt zu sein, waren zumindest bei seinen engsten Untergebenen längst schon ausgeräumt.

Während er aß und sich in seine Gedanken vertiefte, trat plötzlich einer der Botenläufer der Stadtwache in das Atrium hinein, grüßte Saturninus und blieb in Achtungsstellung vor ihm stehen.

„Nun?“, fragte der Präfekt.

„Herr, am Ufer des Tiber wurde der Körper einer jungen Frau ... einer Hure gefunden, die ganz offensichtlich mit Gewalt getötet wurde“, berichtete der Bote.

„Dann lauf zurück und sorg dafür, dass alles so dokumentiert wird, wie ich es angeordnet habe! Flavius und seine Männer können sich darum kümmern“, antwortete Saturninus etwas gereizt darüber, dass man ihn am Morgen deshalb störte.

„Herr, Flavius ist schon am Ort. Aber er meint, du solltest dir das vielleicht selbst ansehen. Diese ... Hure, sie ist ... sehr grausam gestorben“, beharrte der Bote stockend.

Saturninus horchte auf. Wenn sein Untergebener Flavius ihn rufen ließ, dann musste in der Tat mehr dahinter stecken. Der Präfekt kannte und schätzte den jungen Mann, der bereits drei Jahre unter ihm diente und sich als klug und weitsichtig erwiesen hatte. „Ich komme sofort mit“, sagte Saturninus dem Boten und schob die Reste seines Frühstückes beiseite. „Wo genau ist die Stelle, an der man die Frau fand?“, wollte er noch wissen.

„Direkt unter der Pons Aemilius“, antwortete der Bote.

„Das ist nicht weit von hier, wir gehen sofort!“, bestimmte Saturninus. Er holte seinen blauen Mantel, setzte seinen Helm auf und verließ mit dem Botenläufer das Haus. Die beiden Männer betraten die Straße und folgten ihr Richtung Südwesten. Saturninus Stadtvilla lag in einer der belebtesten und wohlhabendsten Gegenden Roms im neunten Distrikt unweit des theaterum pompeae. Von hier aus war es nicht weit bis zum Tiber, an dessen Prachtpromenade sie weiter dem Flusslauf folgten, der hier in einem Bogen die Stadt durchfloss und Rom erst einige Meilen weiter südlich wieder verließ.

An der breitesten Stelle des Flusses innerhalb der Stadtmauern spannten sich die Pons Aemilius und Sublicius über das Gewässer und führten hinüber in den von Wall und Fluss von der übrigen Stadt abgetrennten Bezirk Paguslanioulensis, der zu den elitärsten Gegenden der Stadt gehörte. Schon von weitem konnte man die Männer der Stadtkohorte II erkennen, die den Bereich unter der pons aemilius abgesperrt hatten und niemanden der vielen Neugierigen hindurchließen. Saturninus stellte zufrieden fest, dass seine Anweisungen bezüglich von Leichenfundorten offensichtlich schon zu einem gewissen Automatismus bei seinen Untergebenen geführt hatten. Als er zusammen mit dem Boten am Ort ankam, ließen die Wachen ihn sofort hindurch. Sein Erscheinen erregte die Aufmerksamkeit eines jungen Mannes von beachtlicher Statur, der den selben blauen Reitermantel und einen ebenso blauen Helmbusch trug, wie Saturninus.

Der junge Mann erblickte seinen Vorgesetzten und kam ihm sofort entgegen. Im Gegensatz zu dem militärisch kurzen, schwarzen Haar des Präfekten trug Flavius sein braunes, lockiges Haar nackenlang. Seine blauen Augen leuchteten hell und ließen stets den Tatendrang des jungen Mannes durchblicken. Im Moment war sein Blick jedoch etwas betrübt, ja fast traurig, als er Saturninus Bericht erstattete: „Ich hätte dich nicht rufen lassen, wenn dies ein gewöhnlicher Fund gewesen wäre“, begann er mit belegter Stimme. „Die Hure dort wurde am frühen Morgen von einem Stadtwächter entdeckt, der sich über den Anblick entsetzte. Es ist ein alter Kämpfer, aber nach seinen Worten hat er solches noch nicht gesehen, Herr“, fuhr Flavius fort. Zusammen mit Saturninus traten sie zu der Leiche einer jungen Frau hin, die nackt und mit auf dem Rücken gefesselten Händen und angezogenen Beinen auf der rechten Seite direkt am Wasser lag.

„Er dachte zunächst, man habe sie gezüchtigt und dort hocken lassen. Doch als der Stadtwächter sie umdrehte, sah er dies“, erklärte der junge Mann und deutete auf das Gesicht der Frau – oder das, was davon noch übrig war. Selbst Saturninus atmete scharf ein und musste sich zusammenreißen. Die Augen und die Ohren des Opfers waren ausgestochen und abgeschnitten worden. Der Mund war halb geöffnet und voll von geronnenem Blut. Die Zunge war herausgerissen worden und große Teile der Gesichtshaut fehlten vollkommen. Die Kehle war extrem tief eingeschnitten, als hätte jemand dies mit äußerster Kraft getan. An den gefesselten Händen fehlten sämtliche Fingerkuppen, zudem sahen die Fußsohlen so aus, als habe man sie mit glühenden Eisen verbrannt. An der linken Schulter und dem Oberarm gab es ebenfalls eine größere Hautpartie, die man regelrecht ausgebrannt hatte. Nach Meinung des jungen Offiziers war damit eine Tätowierung unkenntlich gemacht worden, welche die Frau als Angehörige einer bestimmten Hurenkaste auswies. Das Eigenartigste war jedoch eine Schnittwunde auf dem Rücken, die zwei Halbkreise oder Bögen beschrieb, die sich an einer Stelle kreuzten.

„Weshalb hat man ihr das angetan?", fragte Flavius kopfschüttelnd. „Das kann nur ein von bösen Geistern besessener Mensch getan haben."

„Es sieht so aus, als ob sie für etwas bestraft worden ist – vielleicht hat sie ihren Beschützer nicht ausgezahlt und er wollte ein Exempel statuieren", vermutete Saturninus nachdenklich, wobei ihm dieser Gedankengang selbst noch nicht ganz ausgereift erschien. Irgend etwas in seinem Inneren sagte ihm, dass mehr hinter dieser furchtbaren Hinrichtung stecken musste, als er zunächst erkennen konnte. Das seltsame Muster der beiden Schnitte auf dem Rücken, die im Gegensatz zu den anderen Verletzungen nicht besonders tief waren, verstärkte diesen Zweifel noch.

„Sollen wir sie auf den Hurenfriedhof bringen und verbrennen lasen, nachdem alles aufgeschrieben wurde?“, unterbrach Flavius seine Gedankengänge.

„Nein, bringt sie in die Horta Vigiles und bahrt sie auf. Wickelt sie fest in ein geöltes Tuch, damit die Fäulnis nicht zu schnell voranschreitet“, bestimmte Saturninus. Sein Untergebener blickte ihn für einen kurzen Moment fragend und zweifelnd an. „Ich möchte sie mir noch einmal in Ruhe ansehen“, erklärte der Präfekt ihm. Flavius nickte daraufhin und gab die entsprechenden Befehle weiter.

Gegen Mittag wurde Saturninus erneut in seiner Domus gestört, denn einer seiner Haussklaven meldete einen besonderen Gast. „Herr, Senator Crassus wünscht dich zu sehen“.

Augenblicklich befahl der Hausherr, den Gast vorzulassen und erhob sich. Kurz darauf betraten zwei

Männer das Atrium, von denen einer der beiden Saturninus sehr gut bekannt war. Crassus war ein guter alter Freund seines Vaters und Mentor des jungen Präfekten. Im Grunde hatte er durch seine Fürsprache dafür gesorgt, dass Saturninus diese sichere Stelle im Innendienst Roms erhalten hatte. Der alte Senator kam auf einen Stock gestützt hinein und begrüßte seinen jungen Freund lächelnd. Crassus war nicht größer als 1,60 Meter und von schmächtiger Gestalt. Sein Haupt wurde von einem dünnen, silbergrauen Kranz gerahmt und die braungebrannte Gesichtshaut war von etlichen Falten und Furchen durchzogen, die ihn noch weitaus älter aussehen ließen, als er tatsächlich war. Seine leicht gebeugte Haltung und die Tatsache, dass er sein linkes Bein nachzog, sorgten zusammen mit der übrigen Statur des Mannes oft für Spott bei Unwissenden, doch wenn er seine beeindruckende Stimme erhob und sprach, dann wurde es stets still im Senat – und Crassus' Worte hatten immer eine nachhaltige Wirkung bei denen, die sie hörten.

Der andere Mann blieb immer einige Schritte hinter Crassus und sah demütig zu Boden, was ihn als

Sklaven auswies. Er überragte den Senator um eine Kopflänge und schien auch ansonsten körperlich in weitaus besserer Verfassung zu sein, obwohl er etwa im selben Alter war, wie Saturninus bei der ersten Betrachtung des Mannes schätzte. Er besaß kleinasiatische Züge und noch dichtes, schwarzes Haar, das er streng zurückgekämmt und zu einem kurzen Zopf zusammengebunden hatte.

„Mein lieber Antonius, ich grüße dich“, sagte Crassus mit tiefer, sonorer Stimme und umarmte Saturninus. Er war einer der wenigen Menschen, die den Präfekten bei seinem ersten Vornamen nannten.

„Senator Crassus, was verschafft mir diese Freude und Ehre?“, erwiderte Saturninus die Umarmung.

„Ich hörte von dem Fund jener jungen Frau, die man auf so schreckliche Weise verstümmelt und zu Tode gefoltert hat. Dies hat mich so sehr mitgenommen, dass ich persönlich bei dir vorsprechen wollte, um dich zu bitten, all deine Kraft zu verwenden, Denjenigen zu finden, der für solch eine Schandtat verantwortlich ist. Auch wenn es sich dem Maul des Volkes nach nur um eine Hure handelte, die Sicherheit der Bürger Roms ist in Gefahr, wenn solch ein Monstrum frei in der Urbs herumläuft", bemerkte der Senator mit besorgter Stimme. Die Tatsache, dass Crassus von den schweren Verstümmelungen wusste, zeigte Saturninus, dass sein Mentor wie immer bestens informiert war.

„Ich werde mein Bestes tun, um den Schuldigen zu finden und dem Gericht der Götter zu übergeben", antwortete der Präfekt.

„Oh, ihn der Gerechtigkeit der Menschen zu übergeben, reicht, denke ich, zunächst aus", bemerkte Crassus mit einem schmunzelnden Blick auf Saturninus, dessen Atheismus ihm sehr wohl bekannt war. „Du hast das Opfer noch nicht verbrennen lassen?", fragte er danach und zeigte damit erneut, dass er um alles wusste.

„Ich wollte sie mir heute am Nachmittag noch einmal in Ruhe ansehen, um vielleicht Antworten zu finden", nickte Saturninus.

„Du hast sehr weise gehandelt, mein Sohn. Ich kann dir Unterstützung bei den Untersuchungen zukommen lassen, denn du bist ja kein Medikus".

„Welche Art Unterstützung?"

„Dieser Sklave hier heißt Erinäus und stammt aus Damaskus, wo er die Ausbildung bei einem Jünger des Hippokrates genoss. Er ist sehr bewandert in der Kenntnis des menschlichen Körpers. Ich möchte dich bitten, ihn in deine Dienste zu nehmen und vor allem bei der Untersuchung des bedauernswerten Opfers mit einzubeziehen", sagte Crassus sehr eindringlich. Der entsprechende Unterton seines Mentors entging Saturninus selbstverständlich nicht. Es steckte offenbar mehr hinter den Absichten des Senators, als nur die Sorge um die Sicherheit der römischen Bürger. Was dies war, konnte er sich nicht erklären – aber der Präfekt nahm das zur Kenntnis und nickte, zumal er über jede Unterstützung eines wissenschaftlich gebildeten Menschen froh war. „Ich nehme dein Angebot dankend an und werde Erinäus mir direkt unterstellen. Er soll mich gleich begleiten und die Leiche mit betrachten", sagte er zu dem zufrieden nickenden Senator.

„Ich danke dir und bitte dich zugleich, mir regelmäßig Bericht zu erstatten, wie weit deine Untersuchungen fortgeschritten sind ... und nur mir im Senat Bericht zu erstatten, Antonius. Sollten Senatoren wie etwa Drusus davon Kenntnis bekommen, dann würde schon morgen ganz Rom wissen, dass ihr euch mit dem Tod einer gewöhnlichen Hure befasst und Steuergelder mit derartigen Nichtigkeiten verprasst", beendete Crassus voller Sarkasmus seine Bitte.

„Ich werde deine Worte beherzigen und dir über Erinäus ständig den Stand der Dinge mitteilen lassen", schlug Saturninus vor und Crassus willigte in diesen Vorschlag ein. Damit verabschiedete der Senator sich von seinem jungen Freund und Schützling und verließ die Domus Traja.

Der Präfekt blickte den Sklaven Erinäus an und bot ihm dann etwas Essen an, das noch auf dem Tisch stand. Saturninus hatte keine Probleme damit, Sklaven freundlich und menschlich zu behandeln – zumal dieser hier sehr gebildet sein musste und auch ansonsten einen sehr positiven Eindruck auf ihn machte. Nachdem Erinäus sich offenbar sattgegessen hatte, schlug Saturninus vor, sogleich die Horta Vigiles aufzusuchen und mit der Untersuchung der weiblichen Leiche zu beginnen ...

II. Corpus humanum

Die Kaserne der Vigiles lag nordwestlich der zentralen Thermen der Stadt innerhalb des Campus Agrippae. Das mehrstöckige Gebäude besaß neben den Mannschaftsunterkünften für drei Kohorten und den Kammern mit Werkzeugen für die Brandbekämpfung noch eine zentrale Verwaltung und ein allgemein gefürchtetes Kellerverlies in zwei Ebenen der unterirdischen Stockwerke.

Saturninus hatte sich zum Zweck von Untersuchungen mehrere der ehemaligen Zellen des Verlieses umbauen lassen. Ein etwa bis zur Hüfte reichender, steinerner Tisch beherrschte den Untersuchungsraum, der unter anderem noch so seltene Dinge wie arabische Gläser beherbergte, unter denen der staunende Betrachter die Dinge stark vergrößert betrachten, oder die Leuchtkraft von Phosphorsteinen aus Hispanien bewundern konnte, die nach der Beleuchtung durch Sonnenlicht auch noch eine Stunde später in tiefster Dunkelheit Licht spendeten.

Erinäus zeigte sich jedoch nicht besonders beeindruckt von den Dingen sondern betrachtete sie eher so, als würde er ihren Gebrauch sehr gut kennen. Saturninus beobachtete den Sklaven sehr genau dabei, wie dieser sich umblickte. Vor dem Tisch blieb der Mann aus Damaskus stehen und sah auf das eingewickelte Bündel, das dort lag. Wie vom Präfekten befohlen, hatte man die Leiche der Frau in mit Leinöl getränkte Tücher gelegt.

„Ihr Anblick ist nicht besonders angenehm", sagte Saturninus und begann damit, die Leiche auszuwickeln. Als der Körper zum Vorschein kam, waren trotz des Öls die Spuren der beginnenden Verwesung nicht mehr zu leugnen. Die Haut war aschgrau und fahl. Rostrote Flecken bildeten sich an den Stellen, an denen sich das sich zersetzende Blut sammelte. Die Wunden im Gesicht verfärbten sich schwarz und wimmelten von Maden, denen das Öl offensichtlich nicht geschadet hatte. Während Saturninus mit Übelkeit zu kämpfen hatte, betrachtete der Sklave die Leiche interessiert und zeigte mit keinem Gesichtsausdruck, was er dabei empfand. Der Präfekt fragte sich, ob der andere Mann gefühlskalt oder einfach nur aufgrund seiner Ausbildung an solche Anblicke gewöhnt war.

„Ihr habt die Frau heute am Morgen gefunden, Herr?“, fragte Erinäus während er um den Tisch herumging und die Leiche an verschiedenen Stellen berührte und untersuchte.

„Am frühen Morgen, ja“, antwortete der Präfekt.

„Sie lag am Wasser – aber nicht im Wasser, nicht wahr?“

„Nein, sie kniete davor, als man sie fand. Nur ihr Kopf lag anfangs wohl im Wasser.“

Der Sklave betrachtete nun die Gesichtsverletzungen genauer und sah sich den Schnitt durch die Kehle der Frau an.

„Benötigst du etwas für die Untersuchung?“, wollte Saturninus wissen.

„Heißes, kochendes Wasser, Herr. Und ...“

„Ja?“, fragte der Präfekt nach.

„Besitzt ihr ägyptisches Besteck?“

„Du meinst solches, wie es die Ägypter gebrauchten, um ihre Könige für die Ewigkeit vorzubereiten?“

„Ja, genau solches!“

„Ich lasse alles holen.“ Saturninus rief eine der Wachen und schickte nach den Dingen, welche der Sklave Erinäus haben wollte. Nach kurzer Zeit wurden die Sachen gebracht und der Mann aus Damaskus breitete das Besteck vor sich auf dem Tisch aus. Zufrieden nickend nahm er einige der Instrumente in die Hand und untersuchte die Wunden der Leiche genauer. Auch hier beobachtete Saturninus ihn und stellte fest, dass Senator Crassus offensichtlich nicht zuviel von der anatomischen Kenntnis seines Sklaven versprochen hatte.

„Der Schnitt wurde mit einem Schwert geführt“, bemerkte Erinäus zu der Halswunde. „Und er wurde ... ja, tatsächlich, er wurde mit der linken Hand geführt“, ergänzte er.

„Woher willst du das wissen?“, fragte Saturninus interessiert nach und trat näher an die Leiche heran.

„Die Tiefe der Wunde deutet auf die Waffe hin, Herr“, antwortete der Sklave. „Und hier, diese Hautaufwürfe zeigen, in welche Richtung der

Schnitt geführt wurde", erklärte er Saturninus und zeigte ihm, was er meinte.

„Das bedeutet, derjenige, der sie getötet hat, muss Linkshänder sein. Niemand führt ansonsten ein Schwert mit der linken Hand", murmelte Saturninus.

„Es sei denn, er konnte es nicht mehr mit der rechten Hand tun", ergänzte Erinäus.

„Weil sie ihm fehlt?"

„Ja, das ist eine Möglichkeit", nickte der Sklave.

„Das würde es einfacher machen, ihn zu finden", sagte Saturninus angeregt. „Weiter, was erkennst du noch?"

„Alle Verletzungen wurden ihr bei lebendigem Leib zugefügt, deshalb hat es stark geblutet", fuhr Erinäus fort. „Sie hat dabei gelitten wie ein Tier", sagte er etwas leiser und zeigte damit, dass er sehr wohl auch Mitgefühl mit dem Opfer besaß, wie der Präfekt registrierte.

„Was ist damit?", wollte Saturninus dann wissen und deutete auf die sich kreuzenden Schnitte am Rücken der Frau, die er dazu etwas zur Seite drehte.

„Hm... diese Schnitte sind nicht sehr tief... und sie haben nicht stark geblutet, was anzeigt, dass sie ihr sehr wahrscheinlich nach ihrem Tod zugefügt wurden“, vermutete der Mann aus Damaskus, wobei das Zögern in seinen Worten Saturninus auffiel.

„Es sieht aus wie ein Zeichen... eine Rute oder ... ein Fisch, nicht wahr?“, bemerkte der Präfekt.

„Ja ..., vermutlich ist es das“, nickte Erinäus und fuhr dann mit der Untersuchung fort. Er holte ein großes, zweischneidiges Instrument, das wie ein Wippmesser aussah hervor und blickte Saturninus fragend an. „Ich würde gern noch etwas herausfinden“, sagte er.

„Was?“

„Ob sie ertrunken ist oder an den Schnitten starb – dafür muss ich sie jedoch ... öffnen.“

Saturninus schluckte und nickte dann. Der Mann aus Damaskus setzte das Messer am Brutkorb des Opfers an und schnitt dann mit einem Ruck zwischen den Brüsten der Frau Haut und Knochen so tief ein, dass es knirschte und krachte. Der römische Polizist musste sich stark zusammenreißen und konnte kaum hingucken, war aber zugleich fasziniert vom Tun des anderen Mannes, dass er dennoch zusah. Erinäus bog die Rippen der Frau auseinander und betrachtete die darunter zum Vorschein kommenden Organe. Er berührte die beiden Lungenflügel vorsichtig und nickte nach einiger Zeit. „Es ist kein Wasser drin", murmelte er. „Das bedeutet, sie ist nicht ertrunken sondern an dem Kehlschnitt gestorben ... und vermutlich an dem Grauen, das sie verspürte."

„Weshalb wolltest du das wissen?", fragte Saturninus, der noch immer zwischen Ekel und Faszination hin und herschwankte.

„Sie lag mit dem Kopf im Wasser, war da aber schon tot", antwortete der Sklave. „Weshalb hat man sich also noch die Mühe gemacht, sie zum Wasser zu führen und ihren Kopf hineinzulegen?"

„Kann sie nicht zufällig so gefallen sein?", erwiderte Saturninus.

„Ja, aber das erklärt noch immer nicht, weshalb man sie zum Wasser gebracht hat und nicht in irgendeiner dunklen, stillen Ecke tötete. Die Pons Aemilius ist auch des Nachts noch oft belebt. Weshalb ging man also das Risiko ein, entdeckt zu werden?“, erwiderte Erinäus.

„Sie sollte genau dort gefunden werden“, vermutete Saturninus und nickte dabei. „Ihr Martyrium fand an anderer Stelle statt, dann hat man sie zur pons gebracht, damit sie auch wirklich entdeckt wird“, fuhr er fort.

„Aber welcher Mörder hat denn ein Interesse daran, dass sein Opfer gefunden wird?“, wollte Erinäus wissen.

„Jemand, der will, dass das Volk es erfährt, dass es ihn gibt“, antwortete der Präfekt. „Es ist ... ein Ritual, ja, das muss es sein. Ein Strafritual, wahrscheinlich der Besitzanspruch auf die Hure und eine Warnung an die anderen, sich nicht zu verweigern. Deshalb auch das Zeichen auf ihrem Rücken!“

„Was wirst du nun tun, Herr?“

„Ich habe einen Ansatz und weiß auch schon, wo ich anfange, meine Fragen zu stellen“, bemerkte Saturninus in sich hineinlächelnd.

„Herr?“, fragte der Sklave verwundert.

„Ich begebe mich heute Abend dorthin, wo einsame Römer sich treffen, um Ablenkung und ein wenig Liebe zu erfahren. Ich danke dir, Erinäus“, sagte der Präfekt, drehte sich um und ließ den Mann aus Damaskus allein zurück.

Südwestlich des Circus Maximus befand sich eine Anzahl von Thermen, von denen einige der Körperpflege der männlichen Gesellschaft Roms nur im weitesten Sinne dienten; es waren bekannte Bordelle, die nur zur Tarnung als Thermen ausgegeben wurden. Jeder wusste davon und so manche Hausdame ahnte, dass ihr Mann nicht nur baden ging, wenn er sich auf den Weg zu „den“ Thermen machte – aber dies war ein gesellschaftlich anerkannter Code, mit dem die zumeist zur Oberschicht gehörenden Männer ihr moralisches Gesicht wahren konnten.

Saturninus kannte die Bedeutung der „Thermen“ natürlich auch und wollte genau dort mit seiner Suche beginnen: der Suche nach dem Zeichen, das auf dem Rücken der Leiche eingeritzt war. Wenn es ein Besitzanspruch auf die Hure oder eine Warnung war, dann musste dieses Zeichen auch bei anderen Frauen aus diesen Kreisen zu finden sein, wie der Präfekt vermutete. Die „Beschützer" der Huren begingen eine derartige Tat nur aus ganz bestimmten Gründen, da war Saturninus sich sicher. Es ging wahrscheinlich um viel Geld – und dies ließ sich nur in solchen Häusern verdienen, in denen die höhere Gesellschaft Roms verkehrte. Einige der bekanntesten Häuser davon lagen an der via piscinae, welche der Präfekt aufsuchen wollte. Das erste Gebäude, welches in Frage für ihn kam, war ein mehrstöckiges Haus mit prächtiger Arkadenfassade und einem mit Säulen flankierten Zuweg, der auf ein großes, mit schwarzen Metallnieten verziertes Holztor führte. Saturninus blieb davor stehen und betätigte den mächtigen Türklopfer, der sinnigerweise eine Nachbildung von Äskulap, die sich um ein Schwert windende Schlange darstellte. Kurz darauf erschien ein bulliger kahlgeschorener Schädel an einer Sichtklappe des Tores. Der Besitzer des Schädels blickte den Präfekten finster an; es war klar, dass nicht jedermann Zutritt zu diesem Gebäude bekam. Saturninus kannte jedoch die Regeln und auch den Spruch, der ihm Einlass gewährte: „Zeiten und Sitten ändern sich", sagte er und der Kahlgeschorene schloss die Klappe, um im nächsten Moment das Tor zu öffnen. „Sei willkommen, Herr", antwortete der stämmige Mann mit einer unerwartet hohen Fistelstimme und machte eine einladende Bewegung mit der Hand. Der Präfekt betrat das Haus und wurde sofort von einem weiteren Mann – einem hageren Menschen mit auffallend tiefen Furchen in den Wangen empfangen, der auf ihn zukam, theatralisch die Arme ausbreitete und mit übertriebener Freundlichkeit sprach: „Willkommen in diesem Haus, Herr. Lege alle Hast und alle Last des Tages ab und genieße Speise, Trank und ... die Liebe unserer Priesterinnen der Lust."

„Ich bin nicht hergekommen, um mich zu zerstreuen", antwortete Saturninus knapp und erntete verwunderte und dann sich verfinsternde Blicke des anderen Mannes. „Präfekt Vigiles", fügte er hinzu, was wiederum den Gesichtsausdruck seines Gegenübers veränderte.

„Wir haben nichts zu verbergen, Herr. Zudem befindest du dich hier in bester Gesellschaft."

„Das kann ich mir vorstellen“, nickte Saturninus hintergründig lächelnd. „Dennoch bin ich nur hier, um mich ein wenig umzusehen. Ich erwarte, dass mich niemand daran hindert, hast du das verstanden?“

„Ja, Herr. Aber... können wir uns nicht darauf einigen, dass deine... Untersuchungen derart geschehen, dass niemand unserer Gäste es ... mitbekommt?“, fragte der andere Mann stockend und mit beinahe flehender Stimme.

Der Präfekt nickte. „Ich werde euch keine Unannehmlichkeiten bereiten, wenn ihr mich nicht stört.“

„Suchst du ... , suchst du jemanden unserer Gäste, Herr?“

„Nein, ich suche lediglich Frauen“, antwortete Saturninus grinsend und klopfte dem verblüfften Diener des Hauses auf die Schulter. „Führe mich ein wenig herum, ich weiß schon, wonach ich suche!“

„Sehr wohl, Herr“, nickte der andere Mann. „Doch eine Sache noch ...“, fuhr er fort und druckste erneut herum, während er an Saturninus herabblickte. „Dies ist auch ein Bad – unsere Gäste betreten es nicht in ihren Straßenkleidern."

„Natürlich nicht", antwortete der Präfekt und ließ sich daraufhin zu den Umkleideräumen geleiten, die aus einer Reihe von kleinen Kabinen mit samtroten Vorhängen bestanden, in denen man seine Sachen ablegen konnte. Der Hausdiener reichte Saturninus ein großes mit goldenen Verzierungen besetztes Badetuch und weiche Latschen aus geflochtenem Schilf. Zudem gehörte auch eine hölzerne Maske zur Grundausstattung des Hauses, die Saturninus jedoch ablehnte – obwohl er sich sicher war, dass die Mehrzahl der anderen Gäste dieses Angebot nutzte, um zumindest dem Anschein nach anonym zu bleiben.

Der Diener führte ihn über eine Marmortreppe in das höher gelegene frigidium, das in richtigen Thermen eigentlich der Abkühlung und der Ruhe diente, hier aber eine schwülwarme Badehalle mit einem zentralen Becken und vielen dunklen von Sisalwänden abgetrennten Ecken war. Die dampfende Luft war von süßlichem Duft geschwängert. Feuerschalen erhellten die Halle nur soweit, dass man ausreichend sehen konnte. Saturninus erkannte eine Anzahl Männer verschiedenen Alters, die sich mit jungen, leichtbekleideten Frauen am Rand des Beckens oder auch im Wasser vergnügten. Andere nutzten die abgetrennten Ecken und zogen sich mit ihren „Bekanntschaften“ dorthin zurück, um ungestörter zu sein. Der Hausdiener wollte ihn weiter begleiten, doch Saturninus schüttelte seinen Kopf und bedeutete, dass er sich nun allein umsehen wollte, was sein bisheriger Begleiter sicher nur ungern sah, sich aber fügte und sich zurückzog. Diejenigen Frauen, die gerade keinen Gast hatten, wandten sich Saturninus sofort zu und boten sich durch entsprechende Gesten und verführerische Blicke an. Der Präfekt schritt jedoch die breite Treppe der Halle hinab, ohne zunächst auf die Angebote einzugehen. Wie vermutet, trugen etliche der hier anwesenden Männer ihre Masken und blickten den Neuankömmling neugierig und teilweise auch verwundert an. Der Präfekt fragte sich, wie viele der Anwesenden ihn erkannten und hofften, dass sie selbst unerkannt blieben – obwohl er innerlich bereits darauf wettete, den einen oder anderen Gast beim Namen nennen zu können. Beim Vorübergehen achtete er vor allem auf die Tätowierungen der Frauen, die sie zumeist auf den Schultern oder den Oberarmen trugen. Es befanden sich alle möglichen Symbole darunter, jedoch keines, das dem Zeichen ähnelte, welches dem Opfer auf den Rücken geritzt worden war. Saturninus wollte fast schon aufgeben und diesen Ort wieder verlassen, als er auf eine Frau aufmerksam wurde, deren Umrisse hinter einem Vorhang nur schemenhaft zu erkennen waren. Sie schien auf einem Diwan zu sitzen und strich sich leicht, fast spielerisch durchs Haar. Es war niemand bei ihr, wie der Präfekt feststellte. Er war wie verzaubert von dem Anblick und er fühlte sich regelrecht magisch angezogen. Beinahe schüchtern trat er zu dem Vorhang hin und hob ihn langsam beiseite. Ein wunderschönes Gesicht, eingerahmt in rotgoldenes Haar blickte ihn mit smaragdgrünen Augen an und musterte ihn aufmerksam. Dann spielte ein Lächeln um die vollen roten Lippen und die Frau nickte ihm aufmunternd zu. „Komm herein“, flüsterte sie heiser und lud ihn mit einer Hand auf den Diwan ein. Ihr

Körper war von einer Tunika aus schwarzem, allerdings durchsichtigem Stoff bedeckt und lief dabei auch über ihre linke Schulter, so dass nicht zu erkennen war, welches Zeichen sie trug. Saturninus trat in den kleinen, abgeteilten Raum, dessen Wände rings herum mit samtroten Stoff verhängt waren. Ein Beistelltisch mit einer Karaffe Wein und zwei Gläsern stand neben dem Liegemöbel. Die Frau goss etwas von dem Wein ein und reichte ihn dem Präfekten. Dann schritt sie hinter ihn und fing an, seine Schultern zu massieren. Ein Wonneschauer lief über seinen Rücken und er musste sich sehr zusammenreißen, um sich nicht der Versuchung zu ergeben, sie gewähren zu lassen. Sanft drückte er ihre Hände beiseite und schüttelte den Kopf.

„Was ist?", fragte sie verwundert und blickte ihn fragend an.

„Ich bin gekommen ... um zu reden", antwortete er zögernd. Er war aus irgend einem Grund fasziniert von dieser Frau und musste sich dennoch auf seine Aufgabe konzentrieren.

„Wer bist du?", wollte sie wissen, wobei ihr Ton schon deutlich reservierter klang, was ihr etwas von dem Zauber nahm, in den Saturninus sich beinahe verfangen hätte.

„Ich bin Präfekt Vigiles und ich bin auf der Suche nach etwas."

„Was suchst du?"

„Ein Zeichen – etwas das Frauen wie du tragen", antwortete er und strich dabei den Stoff von ihrer Schulter.

„Du meinst, Huren wie ich", bemerkte sie trotzig und wollte ihn zunächst daran hindern und sich wegdrehen, ließ ihn dann jedoch gewähren. Zu Saturninus Erstaunen war die Tätowierung eines Fisches zu erkennen – allerdings nicht in der Form, wie auf dem Rücken der Leiche sondern ausgeprägter, nahezu lebensecht gezeichnet.

„Ist es das, was du suchtest?", fragte sie und funkelte ihn dabei verächtlich mit ihren wunderschönen Augen an.

„Ich ... bin mir nicht sicher", sagte er leise und schüttelte seinen Kopf. „Es ist auch ein Fisch ... , es könnte einer sein. Das was ich suche, ist eher nur ein Umriss."

Statt zu antworten, steckte sie ihren Zeigefinger in ihr Weinglas und zeichnete mit der Flüssigkeit ein Zeichen auf den Tisch, das genau dem entsprach, das Saturninus meinte.

„Dieses hier meinst du?“, wollte sie wissen.

„Ja, genau so eines meine ich“, antwortete er verblüfft. „Zu wem gehört es, weißt du das?“

Zu seiner vollkommenen Verwunderung verfiel sie in ein schallendes Gelächter und schüttelte dabei ungläubig ihren Kopf. „Du glaubst, es ist das Zeichen einer Hure?“, fragte sie und lachte erneut auf. „Vigiles, wie wollt ihr Rom schützen, wenn ihr euch so wenig mit den Menschen dieser Stadt auskennt und nicht wisst, was passiert?“

„Wie meinst du das?“

„Es ist das Zeichen einer Sekte, die einen Mann verehrt, der vor 25, vielleicht 30 Jahren gelebt und Wunder über Wunder vollbracht haben soll“, antwortete sie im Ton einer Lehrerin, die ihren dümmsten Schüler betreut. „Ein alter Grieche erzählte mir davon. Der Mensch soll ein Zimmermann aus einer der Provinzen in Kleinasien gewesen sein, der einige Jahre herumzog und ganze

Massen für sich gewinnen konnte. Er hat demnach Wasser in Wein verwandelt und sogar die Toten wieder erweckt. Vor allem aber soll seine Lehre etwas Besonderes gewesen sein, denn er sagte, man solle seine Feinde lieben und denjenigen Gutes tun, die einen hassen!"

„Und was hat der Fisch für eine Bedeutung?", wollte Saturninus wissen, der dabei skeptisch lächelte.

„Ich weiß nicht, was das bedeutet, aber das ist das Zeichen dieser Sekte. Ich habe es selbst schon öfter in der Stadt gesehen – zumeist auf dem Boden vor einigen Häusern oder an den Türen", antwortete seine Gesprächspartnerin.

„Seine Feinde lieben, hm ...?", bemerkte der Präfekt mit sarkastischem Unterton. „Ein Angehöriger dieser Feindeslieber hat eine Frau wie dich ... eine Hure auf eine so furchtbare Weise gefoltert und getötet, wie ich es noch niemals zuvor gesehen habe."

„Dann glaube ich nicht, dass er dazugehört", sagte sie und schüttelte energisch ihren Kopf. „Jener alte Grieche erzählte mir eine ganz besondere Geschichte von dem Zimmermann und seinem Verhältnis zu einer Hure. Sie wurde von einer Menschenmenge verfolgt, weil man sie beim Ehebruch erwischte. Den Mann, mit dem sie das beging, ließ man übrigens in Ruhe. Als die Meute jedoch die Frau stellte und sie festhielt, wollte man sie auf der Stelle steinigen. Doch da trat der Zimmermann dazu und fragte die Menschen, was die Frau getan hätte. Sie antworteten ihm und erzählten von dem Ehebruch und dass das Gesetz die Steinigung dafür verlangte. Er setzte sich nachdenklich hin und sagte dann wie zu sich selbst, dass derjenige unter den Leuten, der ohne Schuld sei den ersten Stein werfen solle. Sie gingen alle nacheinander fort und ließen die Frau am Leben. Sag, ist das nicht viel größer als ein Wunder und lässt das darauf deuten, dass ein Anhänger dieses Mannes eine Frau tötet, wie du es beschrieben hast?"

„Und doch hat er das Zeichen in den Rücken der Getöteten eingeritzt", beharrte der Präfekt und erhob sich. „Dieser alte Grieche, von dem du sprachst. Wo finde ich ihn?", wollte er wissen.

„Ich kenne seinen Namen nicht und weiß auch nicht, wo er wohnt", antwortete sie in einem für Saturninus etwas zu hastigen Ton, so dass er zweifelnd seine Augenbrauen hochzog.

„Kennst du deinen eigenen Namen?“, fragte er sarkastisch, worauf sie wie beleidigt den Kopf wegdrehte und nicht antwortete.

„Nun gut, du hast mir dennoch sehr geholfen und ich weiß jetzt zumindest, wonach ich weiter suchen muss – hab Dank“, sagte er zum Abschied und hob den Vorhang beiseite.

„Arabella“, rief sie ihm halblaut hinterher. „Ich heiße Arabella!“

Saturninus blickte sich noch einmal um und nickte stumm. Dann verließ er das Bad, kleidete sich in der Kabine wieder an und ging zum Eingang der Therme zurück, wo sein hagerer Begleiter von vorhin bereits wieder wartete und neue Kunden begrüßte. Als er den Präfekten näherkommen sah, eilte er ihm entgegen und begleitete dessen Schritte bis zum Tor. „Hast du gefunden, wonach du suchtest, Herr?“ fragte er mit aufgesetzter Freundlichkeit.

„Wenn ich hier gefunden hätte, was ich suche, dann würde jetzt eine Kohorte meiner Männer diese Domus durchforsten“, antwortete Saturninus in einem ebensolchen Ton. „Frag die Senatoren Livius und Glatius, ob ihre Ehefrauen von ihrem Aufenthalt hier wissen“, bemerkte er noch süffisant und verließ die Therme mit einem Grinsen, während der Diener der Therme ein saures Gesicht zog und dem Präfekten ratlos nachblickte.

III. Aqua ad Vinum

Bereits am frühen Morgen des nächsten Tages wurde Saturninus erneut von der Nachricht über den Fund einer weiteren Leiche gestört; diesmal sogar noch vor dem Frühstück und persönlich von Flavius, der ohne Probleme Einlass in die Domus Traja erhielt und seinen Vorgesetzten in dessen Schlafgemach weckte. Der junge Offizier hatte zudem den Sklaven Erinäus mit, dessen große Kenntnis in Anatomie er inzwischen auch bereits zu schätzen gelernt hatte. Ohne Umschweife berichtete Flavius von dem zweiten Fund: „Diesmal ist es ein Mann, den wir gefunden haben, Herr. Er liegt in einem Brunnen unweit des Amphitheaters Flavium, der vom Aqua Marcia gespeist wird. Das Seltsame ist jedoch, was sich in dem Brunnen befindet."

„Ich denke doch, dass es Wasser sein wird", brummte Saturninus, während er sich seine caligae anzog und skeptisch zu seinem Untergebenen herüberblickte.

„Wir dachten zunächst, das Wasser habe sich rot vor Blut gefärbt, doch dann konnte man es bereits riechen – es befindet sich Wein in dem Brunnen“, erwiderte Flavius.

„Wein?“

„Ja, es grenzt fast an ein Wunder, aber aus dem Zulauf fließt der Wein, wenn auch sehr spärlich.“

„Und das Opfer?“, wollte Saturninus wissen.

„Wir haben es noch nicht aus dem Brunnen herausgeholt. Der Mann liegt mit dem Oberkörper dort drinnen. Ich wollte auf dich warten, Herr“, antwortete der junge Offizier. „Allerdings zeigen seine ebenfalls verbrannten Fußsohlen schon, dass er eine ähnliche Folter erlitten haben muss, wie die Hure, die wir fanden.“

Saturninus nickte und machte sich, nachdem er fertig mit dem Ankleiden war, zusammen mit seinen beiden Begleitern auf den Weg zu dem südöstlich seiner Wohnstätte gelegenen Theater, in dessen Nähe man den Leichnam gefunden hatte. Auf dem Platz vor dem Haupteingang des Theaters, der sich auf der Südseite befand, stand auch der ziemlich ausladende Brunnen, der ausgerechnet von einer

Figur des Bacchus mit einem Füllhorn gekrönt wurde. Rings herum standen Wachen der Vigiles und sperrten den Bereich vor den neugierigen Augen der römischen Bürger ab, die sich zu einem Pulk zusammengefunden hatten und versuchten, so viel wie möglich von dieser Sensation mitzubekommen. Das Gerücht von dem verwunschenen Brunnen, aus dem die Götter Wein fließen ließen – und dem sich deshalb kein Unwürdiger nähern dürfe, hatte sich inzwischen schon überall verbreitet. Saturninus und seine Begleiter gingen durch die Absperrung hindurch und traten an den Brunnen und das halb darin liegende Opfer heran. Tatsächlich floss noch ein kleines Rinnsal des Rebensaftes aus dem steinernen Rohr. Der Präfekt ließ etwas davon auf seinen Finger laufen und probierte es.

„Vorsicht, Herr, es könnte vergiftet sein", sagte Erinäus besorgt. Doch Saturninus schüttelte seinen Kopf. „Es ist in der Tat Wein, aber ich glaube nicht, dass er vergiftet ist, er hat eine andere Wirkung – bei den Abergläubigen", bemerkte er und blickte die vielen Neugierigen und die umstehenden Soldaten an, die sich ständig umsahen und den Brunnen voller Scheu betrachteten. Dann wandte sich der Präfekt dem Toten zu, dessen Oberkörper bis zur Hüfte im unteren Becken des Brunnens lag. Wie Flavius es schon beschrieben hatte, waren auch die Füße dieses Menschen verbrannt worden. Als die drei Männer die Leiche vorsichtig aus dem Becken hoben und auf die Erde legten, sahen sie weitere Verletzungen an dem Körper, die ihnen bekannt vorkamen. Auch hier waren die Kehle durchgeschnitten, die Augen ausgestochen, die Zunge herausgerissen und die Ohren abgeschnitten worden. Ebenfalls wie bei der weiblichen Leiche fehlten bei dem Mann sämtliche Fingerkuppen und große Teile der Gesichtshaut. Es war ein schlanker und vermutlich noch relativ junger Mann gewesen. Das geschorene Haar deutete darauf hin, dass es sich eventuell um einen Sklaven handelte. Saturninus atmete scharf ein, als er die Brust des Opfers betrachtete, denn das Zeichen, von dem er nun zumindest wusste, von wem es stammte, fand sich auch hier in die Haut eingeritzt. „Wasser zu Wein“, murmelte Saturninus, während er die Leiche und den Brunnen abwechselnd betrachtete.

„Herr?", fragte Flavius verwundert und versuchte einen Sinn in den Worten seines Vorgesetzten zu erahnen.

„Ich weiß, zu wem dieses Zeichen, dieser Fisch gehört, Flavius. Es ist eine neue Sekte, die hier in Rom ihr Unwesen treibt. Angeblich sollen sie ihre Feinde lieben, kannst du dir das vorstellen? Vor solch einer Liebe mögen mich die Götter schützen", erklärte der Präfekt seinem Untergebenen, der ihn noch immer verwundert anblickte.

„Erinäus, ich möchte, dass du auch dieses Opfer mit in unsere Horta nimmst und den Mann auf die gleiche Weise untersuchst, wie die Hure – du weißt schon", befahl Saturninus dem Sklaven aus Damaskus und deutete dabei einen Schnitt im Brustbereich an. „Ich möchte wissen, ob er ... an dem Wein ertrunken ist oder auch schon vorher tot war."

Erinäus nickte und veranlasste dann, dass zwei Wachen mit einer Trage herbeikamen und die Leiche aufnahmen. Saturninus blickte sich inzwischen etwas weitläufiger um. „Woher kommt das Wasser dieses Brunnens genau?“, fragte er Flavius. Der junge Offizier deutete auf eine der steinernen Wasserleitungen, die Rom aus allen Richtungen versorgten und zum Teil kilometerweit oberirdisch über die Hügel der Stadt verliefen. Die Aqua Marcia kam vom Nordwesten und machte innerhalb der Stadtmauern einen Bogen nach Südwesten. Mehrere Abzweigleitungen verliefen von dieser Hauptader und verschwanden teilweise in größeren Gebäuden – darunter war auch eine, die in das Amphitheater führte und es versorgte. Saturninus vermutete, dass die Leitung für den Brunnen wiederum aus dem Theater gespeist wurde, denn es gab eine flache Verbindungsmauer zu dem großen Gebäude, in welcher das Rohr wahrscheinlich verlief. „Folge mir, wir werden nun einem Wunder auf die Spur kommen“, sagte der Präfekt zu Flavius und schritt auf den Eingang des Theaters zu.

Zwei Flügel eines eisernen Gittertores verschlossen den Zugang zum Theater, doch ein Wächter – ein älterer Mann, dem das linke Auge fehlte, öffnete das Tor sofort, als die beiden römischen Offiziere näher kamen. „Wir suchen die Wasserleitung, die dieses Gebäude versorgt“, sagte Saturninus. Der alte Einäugige verbeugte sich stumm und deutete den beiden Männern dann an, dass sie ihm folgen sollten. Unterhalb der Treppe, die hinauf auf die Ränge des Amphitheaters führten, gab es einen Rundgang, der einmal um das Oval des Bauwerkes führte. Von diesem zweigten wiederum mehrere Seitenflure und kleinere Räume ab. Der Alte führte sie in einen dieser Seitenflure, durch den sie schließlich an die steinerne Wasserleitung gelangten. Wie der Präfekt es bereits erwartet hatte, zeigte sich hier die Lösung des „Wunders“ mit dem Wein im Brunnen. Eine ganze Anzahl Fässer lag verstreut auf dem Boden, eines stand noch oben auf der Wasserleitung und hatte ein kleines Loch an der Seite, durch das ein restliches Rinnsal Wein herauslief. Die Zuleitung des Wassers hatte man mit Stroh und Lehm abgedichtet, nur die Abzweigung nach draußen zu dem Brunnen war offen geblieben.

„Wasser zu Wein, das ist also das Wunder. Wie ich es mir gedacht habe“, bemerkte Saturninus und schüttelte seinen Kopf. Flavius verstand noch immer nicht richtig, was sein Vorgesetzter meinte und so berichtete der Präfekt ihm von dem Gespräch mit Arabella und den Geschichten über die angeblichen Wunder dieses Zimmermannes. „Ich würde gerne wissen, wer dies hier angestellt hat. Wer hat die Fässer hergebracht und den Wein in den Brunnen laufen lassen? Hast du jemanden hier gesehen?“, fragte er den Einäugigen, der noch immer danebenstand und ein ratloses Gesicht zog.

„Hast du nicht gehört, was der Präfekt von dir wissen will? Rede, wer war das hier?“, forderte Flavius den Mann im scharfen Ton auf. Der schüttelte jedoch den Kopf und gab nur einige unverständliche Laute von sich, wobei er mit den Händen abwehrend winkte.

„Du bist das gewesen, nicht wahr? Wer hat dich beauftragt?“, schnauzte der junge römische Offizier ihn an.

„Schon gut, er kann nicht reden, Flavius. Sieh auf seine Zunge, sie ist abgeschnitten“, bemerkte Saturninus und deutete auf den Mund des Mannes, der mit aufgerissenen Augen zwischen ihnen beiden hin und herblickte und dann heftig zustimmend nickte.

„Er kann vielleicht nicht sprechen, aber das hindert ihn nicht daran, Fässer mit Wein herzubringen und den Wein in die Leitung zu gießen“, erwiderte sein Untergebener. „Weshalb sollte er uns dann die Wasserleitung so unbefangen zeigen? Nein, er war das nicht, außerdem würde er die schweren Fässer nicht mehr dort hinaufwuchten können“, bemerkte der Präfekt und klopfte dem alten Mann freundschaftlich auf die Schulter. „Halte in Zukunft jedoch besser die Au ..., das Auge offen, wenn Fremde sich hier einschleichen“, sagte er zu dem Alten und verließ dann zusammen mit Flavius das Theater.

Die beiden römischen Offiziere machten sich auf den Weg zurück in das Domizil der Vigiles. Dort angekommen betraten sie das Untergeschoss und das von Saturninus eingerichtete Laboratorium, in dem Erinäus bereits dabei war, die zweite Leiche zu untersuchen. Flavius hielt sich die Hand vor die Nase und verzog angesichts des Geruches und des Anblickes des geöffneten Brustkorbes angewidert sein Gesicht. Während er Abstand hielt, ging Saturninus jedoch dicht an den Untersuchungstisch und blickte Erinäus fragend an.

„Kein Wein in der Lunge, Herr“, sagte dieser und wusch sich die Hände in einer Schüssel mit dampfenden Wasser und anschließend mit Äther, den er aus einer Karaffe ausgoss.

„Das bedeutet, auch dieser Mann wurde wahrscheinlich an einem anderen Ort getötet und dann zum Brunnen gebracht“, murmelte der Präfekt nachdenklich.

„Auch er starb letztlich erst an dem Kehlschnitt. Alle anderen Qualen hat er bei vollem Bewusstsein erleiden müssen“, antwortete Erinäus.

„Was für Menschen sind das nur und weshalb veranstalten sie diese aufwendigen Inszenierungen?“, fragte Flavius und schüttelte verständnislos seinen Kopf.

„Der oder die Mörder – vielleicht sind es in der Tat mehrere – wollen auf jeden Fall auf etwas hinweisen“, nickte Saturninus. „Es geht nicht um Huren und ihre Zugehörigkeit oder ihr Geld, es hat etwas mit ihrer Religion zu tun. Der Wein in dem

Brunnen sollte wie gesagt das angebliche Wunder darstellen. Welche Bedeutung der Tod der Hure am Fluss hatte, weiß ich noch nicht, aber wir werden es bald herausfinden. Lass die Unterführer nach der meridies zusammenrufen, Flavius – wir werden dieser Sekte nun mit römischer Liebe begegnen!“

IV. Quastio

Nach dem Mittagsmahl wurden die Zenturionen der Stadtkohorten wie von Saturninus befohlen zusammengerufen. 15 Männer versammelten sich im Atrium der Horta und warteten gespannt auf den Präfekten und vor allem auf die Begründung dieser ungewöhnlichen Zusammenkunft. Natürlich kannten sie bereits die besonderen Methoden von Saturninus, dennoch waren sie alle neugierig darauf, was nun auf sie zukommen mochte. Nach kurzer Zeit erschien der Präfekt oben an der Treppe, die hinab in das Atrium führte. Alle Augenpaare folgten ihm und blickten ihn aufmerksam an, als er sie ansprach: „Ich danke euch, dass ihr alle gekommen seid – vor allem diejenigen, die jetzt keinen Dienst haben“, begrüßte er die Männer. „Wir haben eine Aufgabe vor uns, die unsere gemeinsame Kraft erfordert. Wie ihr sicher wisst, haben wir zwei Tote in den letzten beiden Tagen gefunden – eine Hure und einen noch unbekannten Mann. Beide sind auf die gleiche, furchtbar grausame Weise umgebracht worden. Bevor es noch mehr Morde dieser Art gibt und die Bürger Roms nicht mehr sicher schlafen können, müssen wir etwas dagegen unternehmen. Ich vermute, dass eine neue Sekte hinter den Morden steckt. Ihr Zeichen ist der Umriss eines Fisches“, Saturninus zeigte ein Papyrus mit dem Zeichen darauf herum. „Man sieht es gelegentlich an Türen oder auf der Straße. Schwärmt aus und haltet Ausschau nach diesem Zeichen. Wir suchen dabei vor allem nach einem Mann, der vornehmlich seine Linke Hand nutzt, vielleicht fehlt die Rechte ihm sogar. Nehmt alle fest, die euch verdächtig vorkommen und bringt sie zur Befragung hierher!“

Nachdem keine weiteren Fragen mehr von den Männern gestellt wurden und Flavius sie auf die einzelnen Bezirke Roms aufgeteilt hatte, schwärmten die Vigiles aus, um ihren Auftrag auszuführen – nicht ahnend, wie umfangreich und schwierig dieser werden sollte. Am späten Nachmittag hatten sie nahezu zweihundert Menschen aus der ganzen Stadt zusammengebracht, die nun verwundert, verängstigt und die Mutigeren von ihnen auch verärgert über diese Umstände auf dem Hof der Kaserne standen, ohne recht zu wissen, weshalb sie eigentlich hier sein sollten.

Saturninus stand am Fenster seines Dienstgemaches und blickte auf die große Zahl von Leuten, die dort unten standen. Hauptsächlich handelte es sich um Männer im Alter zwischen zwanzig und fünfzig Jahren, es befanden sich aber auch Frauen und sogar einige Kinder darunter, die sich wahrscheinlich nicht von ihren Vätern hatten trennen wollen. „So viele“, stellte der Präfekt verwundert fest. „Ich hätte nicht gedacht, dass es so viele sind.“

„Was hast du mit ihnen vor, Herr?“, fragte der Sklave Erinäus, der neben Saturninus stand. In seiner Stimme schwang ein wenig Sorge mit, wie der Präfekt bemerkte.

„Ich werde durch die Reihen gehen und mir vor allem die Männer genauer ansehen. Du begleitest mich und hältst Ausschau nach denjenigen, die möglicherweise für die Taten in frage kommen könnten. Deine Kenntnisse helfen uns vielleicht dabei, jemanden zu erkennen, der seine linke Hand nutzt“, erläuterte Saturninus. „Diejenigen, die wir sofort ausschließen können, schicken wir wieder nach Hause, die anderen werden von uns streng befragt."

„Wirst du ..., wirst du sie foltern lassen?", wollte Erinäus wissen, wobei er wieder große Sorge für die Menschen dort unten verriet.

„Nein, das ist nicht meine Methode", schüttelte Saturninus den Kopf. „Unter der Folter sagen die Menschen alles mögliche, nur um den Schmerzen zu entgehen. Das verfälscht die Wahrheit. Aber weshalb sorgst du dich so um sie?"

„Ich... bin ein Sklave, Herr, ich fühle nur mit ihnen mit", erklärte Erinäus stockend.

„Wir werden sehen, in wieweit sie dein Mitgefühl verdienen. Vielleicht ist einer oder sind mehrere unter ihnen, die es nicht wert sind. Lass uns hinabgehen und es herausfinden", sagte Saturninus und verließ zusammen mit Erinäus das Gemach. Sie schritten gemeinsam die Treppe hinab und begaben sich nach draußen auf den Hof. Mehrere Wachen der Vigiles standen an den Rändern und vor allem am Ausgang des Geländes und sorgten dafür, dass sich niemand der hier zusammengeführten Menschen entfernen konnte. Während Saturninus durch die Reihen ging, beobachtete er jeden Einzelnen genau und sah in die Gesichter, in denen sich Neugier und Furcht gepaart miteinander widerspiegelten. Der Präfekt bemerkte jedoch auch, wie Erinäus, der ihm folgte, offensichtlich den Blickkontakt mit den hier anwesenden Menschen versuchte zu vermeiden – und er meinte dabei ebenfalls an der einen oder anderen Stelle zu entdecken, dass der Sklave aus Damaskus mit einigen Leuten bekannt zu sein schien, dies jedoch versuchte zu verbergen.

„Herr, was sollen wir hier, was geht hier vor? Man hat uns nicht gesagt, weshalb wir hier sind", sprach ein junger Mann Saturninus plötzlich an. Seiner Kleidung und seiner kräftigen Statur nach handelte es sich bei dem Mann um einen Handwerker. Ein älterer Mann gesellte sich sofort dazu, der hingegen einem höheren Stand angehörte. „Wir wollen erfahren, was hier vor sich geht", brummte dieser missmutig. „Wir sind freie, römische Bürger und ihr haltet uns gegen unseren Willen hier fest."

„Ihr könnt wieder gehen, sobald wir einige von euch herausgesucht haben, denen wir Fragen stellen wollen“, antwortete Saturninus mit ruhiger Stimme.

„Was willst du denn von so vielen Menschen wissen, Herr?“, fragte der junge Mann wieder.

„Es geht um den Tod von zwei Menschen, um die ich euch befragen werde.“

„Und was haben wir damit zu tun?“, wollte der ältere Mann verärgert wissen.

„Genau das will ich herausfinden“, erwiderte der Präfekt und ging dann weiter durch die Reihen der Leute, die sich ihm alle zuwandten und ihn erwartungsvoll beobachteten. Plötzlich fiel ihm ein weiterer älterer Mann mit deutlich griechischen Zügen auf, dessen weißes Haupt- und Barthaar ihm einen markanten Ausdruck verlieh. Saturninus steuerte auf diesen Mann zu, denn ihm fiel sofort wieder die Erzählung von Arabella ein, die von einem alten Griechen gesprochen hatte, von dem sie all die Geschichten über den Zimmermann gehört hatte. „Wie ist dein Name?“, sprach er den Alten an.

„Tharys“, antwortete der Mann mit freundlich lächelndem Gesicht, als befände er sich in Gesellschaft von Freunden. Seine Ausstrahlung ergriff Saturninus augenblicklich, der Präfekt wusste, dass er es hier mit einem besonderen Menschen zu tun hatte. Er war etwa gleichgroß wie Saturninus und trug einen weißen Rock und einen dunkelroten Mantel darüber, der über seiner Schulter hing und mit einer Kordel befestigt war. „Darf ich deinen Namen erfahren?", wollte der Alte wissen und blickte dem Römer dabei tief in die Augen, als wollte er dessen Innerstes ergründen.

„Mein Name ist Antonius Saturninus, ich bin der Präfekt der Vigiles. Ich möchte dir einige Fragen stellen."

„Ist das der Grund, weshalb ihr all die Menschen hier festhaltet?", wollte der alte Mann wissen.

„Wir haben den Verdacht, dass sich ein Mörder unter ihnen befindet, der zwei Menschen auf grausame Weise getötet hat", antwortete Saturninus mit ernster Mine.

„Ein Mörder? Da habt ihr mit Sicherheit die falschen Leute ausgesucht. Niemand unter diesen Menschen ist ein Mörder", erwiderte Tharys kopfschüttelnd. „Dies sind alles einfache, ehrliche Leute, wonach habt ihr sie überhaupt ausgewählt?", wollte er wissen.

Saturninus hielt ihm den Papyrus mit dem Fischsilhouette hin. „Ist dies euer Zeichen?", fragte er ernst.

„Das Zeichen des Fischers ..., ja, das ist unsere Erkennung. Woher hast du das?"

„Unwichtig", sagte der Präfekt und winkte ab. „Bist du ein Sprecher dieser Leute?", fragte er angesichts der Tatsache, dass immer mehr von den Leuten näher kamen, sich um Tharys scharten und zuhörten.

„Ich ... bin eine Art ... Berater für manche von ihnen, ja."

„Gut, dann folge mir nach drinnen!" Saturninus nickte in Richtung Eingang der Kaserne. Erinäus wollte ihnen folgen, doch der Präfekt schüttelte den Kopf und bedeutete ihm, dass er sich noch weiter umsehen und auf alle verdächtigen Dinge achten solle – vor allem dabei herauszufinden, ob sich eventuell ehemalige Legionäre oder Gladiatoren unter den Männern befänden. Dann betraten Saturninus und der Grieche Tharys das Gebäude und stiegen die Treppe hinauf, um in das Scriptorium des Anführers der Vigiles zu gelangen. Der Raum war relativ groß aber auch sehr spartanisch ausgestattet. Ein dunkler Tisch vor der Fensterfront beherrschte das Bild. Auf dem glatten Steinfußboden lagen zwei Teppiche rechts und links eines in den Boden eingelassenen Wappens, das eine sich mit einem Schwert kreuzende Axt zeigte. Eine schmale Pritsche stand rechts an der Wand und diente dem Präfekten zur kurzen Ruhe – ansonsten befanden sich keine weiteren Annehmlichkeiten in diesem Raum.

Der alte Grieche sah sich mit Interesse um und zeigte keinerlei Anzeichen von Nervosität oder Angst. Saturninus beobachtete ihn schweigend dabei, wie er durch den Raum schritt und alles begutachtete. Plötzlich wandte Tharys sich ihm zu und sagte: „Du bist ein gradliniger Mann, Präfekt. Du verachtest den Prunk und hast nichts übrig für die typisch römische Völlerei in allen Dingen, die man heutigen Tags so häufig hier antrifft."

„Wir sind jedoch nicht hier, um meine Lebensweise zu betrachten, sondern um über deine Leute zu reden", erinnerte Saturninus den Alten ernst.

„Oh, es sind nicht meine Leute. Sie alle sind frei und nur ihre eigenen Herren", entgegnete Tharys lächelnd. „Aber du sagtest, dass du einige von ihnen des Mordes bezichtigst", fuhr er dann ernst fort. „Du irrst dich darin, Präfekt. Diese Menschen dort unten haben eine ... besondere Lebensweise, die ..."

„Ihr seid eine Sekte, wie es inzwischen so viele in Rom gibt. Ihr unterscheidet euch vielleicht nur darin von den anderen, dass ihr nicht mehrere Götter anbetet, sondern nur einen einzigen – einen Zimmermann aus Kleinasien", unterbrach Saturninus den Griechen etwas ungeduldig und mit einem Hauch von Spott in der Stimme. „Die beiden Opfer trugen neben unzähligen Folterspuren auch euer Zeichen auf ihren Rücken; eingeschnitten mit einem Messer. Ist das die Feindesliebe, von der ihr angeblich redet?"

„Ich sehe, du hast dich mit unserem Glauben ein wenig auseinandergesetzt, Präfekt", bemerkte Tharys nun wieder lächelnd. „Aber hinter dem, was du so eilig benannt hast, steckt viel mehr, als du es dir im Moment vorzustellen vermagst. Ja, unser Herr war ein Zimmermann aus Galiläa, geboren in einem Flecken namens Bethlehem – genauer gesagt in einem Stall, wie ein Bettler. Dennoch war er ein König und er lehrte die Menschen zu vergeben und die zu lieben, die einem Böses tun. Er war durch und durch sanftmütig und bescheiden, nichts war sein Eigentum und niemand sah ihn jemals dabei, dass er etwas begehrte oder gar danach gierte. Doch überall wo er auftrat, gewann er die Herzen der Menschen im Sturm. Tausende folgten ihm und lauschten seinen Worten. Er heilte, Präfekt, er heilte unendlich viele Menschen nur mit seinem Wort oder durch das Auflegen der Hände – doch das größte Wunder war seine Lehre, die nur Liebe kannte; die Liebe zu Gott und den Menschen. Wir folgen dieser Lehre der Liebe und bringen niemanden um!"

Saturninus lauschte den Worten des alten Griechen und war durchaus angetan davon. Tharys war regelrecht ins Schwärmen geraten und sein Blick glitt dabei wie in eine unbekannte, für andere nicht sichtbare Ferne. Seine Augen waren feucht, und doch lächelte er bei seiner Erzählung, als könne er die Bilder sehen, die er gerade beschrieb.

„Welche Bedeutung hat das Zeichen des Fisches?“, wollte der Präfekt nach einer Weile des Schweigens wissen; auch um den Zauber der Worte des Alten wieder zu verscheuchen.

„Der Herr sagte zu seinen Jüngern, die oftmals aus einfachen Fischern bestanden, dass sie künftig Menschenfischer sein sollten“, antwortete der alte Grieche.

„Sie sollten Menschen einfangen?“, fragte Saturninus voller Skepsis.

„Ja, aber nicht so, wie du es meinst. Die Menschen sollen durch die Lehre und die guten Taten überzeugt werden, sich zu dem einen Gott hinzuwenden. Unsere alten griechischen und römischen Götter sind tot, Präfekt“, antwortete Tharys mit ernstem Blick in die Augen seines Gegenübers.

„Ich glaube auch nicht an Götter – weder an alte, noch an neue. Was immer sie angeblich auch getan haben mögen. Auch dein angeblicher Zimmermannsgott wird eines Tages in sein Grab gestiegen sein und ...“

„Er wurde ans Kreuz geschlagen“, bemerkte der Alte mit rauer Stimme. „Verurteilt vom damaligen Landpfleger Pilatus, obwohl der eigentlich von seiner Unschuld überzeugt war.“

Saturninus horchte auf und sah Tharys mit hochgezogenen Brauen an. „Man hat ihn verurteilt und gekreuzigt? Dann müssen die Vorwürfe gegen ihn schon ziemlich handfest gewesen sein. Niemand wird einfach so ans Kreuz geschlagen, es sei denn, er sei ein Räuber und Mörder oder er hätte sich gegen Rom verschworen“, bemerkte der Präfekt, dessen schon ins Wanken geratene Meinung über diese Sekte sich nun wieder verfestigte.

„Er hat sich gegen die Priester und Schriftgelehrten gestellt und ihr Handeln kritisiert“, antwortete der alte Grieche und gewann damit bei Saturninus einen Teil Boden wieder zurück.

„Das ist in der Tat eine gefährliche Sache, sich solche Leute zum Feind zu machen“, nickte dieser. „Aber das spricht hingegen auch wieder für einen gewissen Grad an Dummheit deines Zimmermannes. Ich frage mich, wie er dann zum Gott geworden ist?“

„Er überwand den Tod!“

„Wie bitte?“

„Er erhob sich neugestaltet aus seinem Grab“, sagte Tharys voller Überzeugung. „Du magst das glauben oder nicht, aber so ist es gewesen. Viele Zeugen haben ihn danach gesehen und gar gesprochen – es gibt Aufzeichnungen davon, deren Bedeutung für die Welt jetzt noch gar nicht abzusehen ist.“

Saturninus schüttelte energisch seinen Kopf. „Niemand ... niemand, der gekreuzigt wurde, ist davon jemals wieder lebend zurückgekehrt. Du glaubst an eine Legende, ein Ammenmärchen, das nicht wahr sein kann, alter Mann. Doch das soll an dieser Stelle erst einmal genügen, denn ich habe mir nun ein genaueres Bild von euch gemacht und ...“

„Lass dich nicht von deinem Atheismus trügen, Antonius“, sagte plötzlich eine bekannte Stimme hinter Saturninus, der sich überrascht herumdrehte und Senator Crassus zusammen mit dem Sklaven Erinäus hereinkommen sah.

„Senator Crassus", rief der Präfekt erstaunt aus. „Du verstehst es in der Tat, mich immer wieder in Erstaunen zu versetzen. Was tust du hier?"

„Erinäus hat mich davon informiert, dass du einige Leute hier versammelt hast, um eine Untersuchung unter ihnen durchzuführen", antwortete der alte Senator mit seiner ruhigen Stimme.

Saturninus sah ihn mit offenem Mund an und fing dann an zu begreifen. „Ich bin so dumm und so berechenbar", sagte er wütend über seine Naivität und schüttelte ungläubig seinen Kopf. In diesem Augenblick hatte er erst verstanden, welche Aufgabe Erinäus wirklich besaß. Der Sklave aus Damaskus war das ständige Auge und das Ohr des Senators.

„Sei mir nicht böse, Antonius", bemerkte Crassus und breitete um Verzeihung bittend die Arme aus.

„Und dennoch muss ich es eigentlich sein, denn du hättest mir doch auch selbst vertrauen können, Senator", antwortete der Präfekt mit gespielter Entrüstung. Ein Blick in die Augen seines Mentors zeigte ihm jedoch, dass er noch immer nicht alles erriet, was die Beweggründe von Crassus anging.

„Du musst diese Menschen wieder freilassen, sie haben nichts mit den Morden zu tun“, sagte der Senator nach einer Weile eindringlich.

„Das Zeichen dieser Sekte ist auf den beiden Leichen eingeritzt worden“, erwiderte Saturninus.

„Wir sollen absichtlich in den Verdacht gerückt werden“, antwortete Crassus mit gedämpfter Stimme, wobei Saturninus erst nach einigen Augenblicken registrierte, dass der Senator von „wir“ gesprochen hatte. Erst jetzt ging dem Präfekten das ganze Licht auf. „Du ... du gehörst auch ... zu ihnen?“, fragte er voller Skepsis.

Crassus nickte. „Ja, ich gehöre seit zwei Jahren auch zu ihnen. Tharys hier ist mein Lehrer und hat den Herrn als junger Mann noch selbst erlebt und ihn gehört. Wir sind eine Gemeinschaft, die sich der Liebe des einen Gottes zuwendet – aber wir töten niemanden, Antonius. Irgend jemand will uns in einen schlechten Ruf führen und begeht diese grausamen Morde. Dieser Jemand weiß einiges über uns, deshalb die Zeichen. Du musst ihn finden, mein Sohn, aber er befindet sich nicht unter diesen Menschen dort unten. Ich bürge für jeden von ihnen!“

Saturninus musste sich für einen Augenblick setzten, um diese Informationen zu verdauen. Es schien, als hätte der ihm doch so eigene Scharfsinn ihn vollkommen verlassen, dass er die Zeichen nicht gleich hatte deuten können. Gleichzeitig wurde ihm bewusst, dass er nun mit seiner Suche wieder vollkommen neu beginnen musste. Crassus hatte ihm zwar einige Dinge verheimlicht, doch dass der Senator absichtlich Mörder deckte, konnte und wollte Saturninus einfach nicht glauben. Nickend erhob er sich wieder von seiner Liege. „Ich werde die Leute dort unten wieder gehen lassen, doch ihr müsst mir zunächst einige Fragen beantworten“, sagte er.

„Was immer du wissen willst, sollst du nun erfahren, sofern wir es dir beantworten können“, antwortete Crassus, wobei Tharys und Erinäus ihm beipflichteten.

„Gehörten die beiden Opfer zu euch?“, wollte Saturninus wissen.

„Nein, wir haben sie nicht gekannt“, schüttelte Tharys seinen Kopf.

„Nun gut. Dann würde ich gern erfahren, was eurer Meinung nach die Rituale bedeuten, mit denen die Leichen an den Fundorten abgelegt wurden. Die Legende mit dem Wasser, das zu Wein verwandelt wurde, kenne ich bereits. Eine junge Frau – ihr Name ist Arabella – hat mir davon erzählt“, bemerkte Saturninus, wobei er bei der Erwähnung des Namens seiner weiblichen Bekanntschaft absichtlich zu Tharys herübersah und hoffte, eine Reaktion im Gesicht des alten Griechen zu entdecken, was jedoch nicht geschah. „Doch weshalb lag die Hure am Wasser des Flusses?“, fragte der Präfekt danach weiter.

„Die Verwandlung des Wassers zu Wein hat der Herr tatsächlich begangen, nachdem er und seine Jünger einmal bei einem Wirt zu Gast waren, der zu wenig Wein in seinen Kammern hatte“, antwortete Tharys. „Die arme Frau, die ihr als erstes gefunden habt und die mit dem Kopf am Wasser lag, sollte wahrscheinlich die Taufe darstellen. Jeder, der unseren Glauben annimmt, soll sich mit Wasser im Fluss taufen lassen – so wie es auch der Herr selbst getan hat, als er sich von Johannes dem Täufer im Flusse Jordan taufen ließ."

„Das bedeutet, der Mörder stellt Szenen nach, die eurer Erzählung nach mit eurem Zimmermann zu tun haben", bemerkte Saturninus und schritt dabei mit nachdenklich gesenktem Kopf und auf dem Rücken gekreuzten Händen durch den Raum. Langsam entwickelte sich ein Bild vor seinem inneren Auge, das zwar noch bruchstückhaft war, doch um immer weitere Teilchen ergänzt wurde.

„Ja, so furchtbar es klingt, aber das scheint eine Möglichkeit zu sein", antwortete Crassus niedergeschlagen.

„Dann muss er aber ein sehr tiefes Wissen über euren Glauben und seinen Ursprung haben – und das kann er eigentlich nur deshalb besitzen, weil er zu euch gehört", beharrte der Präfekt.

„Nein! Nein, das ist vollkommen unmöglich, Antonius", rief Crassus nun aufgeregt und schüttelte energisch seinen Kopf. „Ich kenne all unsere Brüder und Schwestern. Es ist niemand unter ihnen, der zu so etwas fähig wäre. Irgend jemand außerhalb unserer Gemeinschaft muss sich dieses Wissen angeeignet haben und nutzt es nun gegen uns. Wir wissen nur nicht, wer das sein könnte. Es gibt auch keinen Grund dafür, der uns annehmbar erscheint."

„Vielleicht ist es ein Priester, der die neue Konkurrenz fürchtet", meinte Saturninus mit deutlichem Sarkasmus in der Stimme, wobei ihm dieser Gedanke plötzlich gar nicht mehr so abwegig erschien.

„Nein, das kann ich mir nicht vorstellen. Ich opfere mit dem Senat zusammen noch immer dem Jupiter, dem Mars und dem Apollo, auch wenn in Wahrheit kein einziger der Senatoren an irgend eine Wirkung dieser Opfergaben glaubt. Eine Scheinveranstaltung, wie sie heuchlerischer nicht sein kann, aber nach wie vor sehr lohnend für die Tempel", bemerkte der Senator. „Alle unter uns, die vermögend sind tun dies – übrigens auch für unsere ärmeren Brüder und Schwestern, damit sie nicht in Verruf geraten. Diese Tarnung ist leider noch immer nötig."

Saturninus wollte noch weitere Fragen stellen, als plötzlich sein Untergebener Flavius hereinkam, die Gesellschaft etwas verwundert betrachtete und dann mit blassem Gesicht vor dem Präfekten stehen blieb. Sein Blick sprach bereits Bände und Saturninus erriet, dass es erneut schlechte Nachrichten gab, was Flavius auch sogleich bestätigte: „Man hat wieder einen Mann gefunden ... heute Nachmittag, zwischen den Sitzreihen des Circus Maximus. Es ist furchtbar, Herr", berichtete der junge Offizier stockend und sichtlich mitgenommen.

„Im Circus? Und niemand hat etwas bemerkt?", fragte Saturninus ungläubig.

„Ein Steinmetz, der die Sitzreihen ausbessern wollte, hat das Opfer gefunden. Niemand sonst befand sich zur Zeit im Circus. Die Spiele beginnen erst wieder an den Kalenden", erklärte Flavius. „Aber du solltest das unbedingt selbst sehen, Herr. Diesmal ist es noch schlimmer, als bei den beiden anderen Opfern!"

Saturninus nickte und gab dann den Befehl aus, dass die Menschen unten im Hof alle wieder zu entlassen seien, was auch augenblicklich umgesetzt wurde. Dann wollte der Präfekt sich zusammen mit Flavius auf den Weg machen, doch Crassus bedeutete ihnen, dass er selbst und auch Tharys und Erinäus sie begleiten wollten.

Der Präfekt war einverstanden, denn die anatomischen Kenntnis des Mannes aus Damaskus und das Wissen um die Bedeutung der Umstände bei den Leichenfunden, das der alte Grieche besaß, konnten nur hilfreich sein. Dass jedoch auch sein alter Freund und Mentor Crassus selbst mitkommen wollte, verwunderte Saturninus schon.

„Wenn es sich wirklich um den dritten Mord von dem gleichen Täter handelt, muss der Senat reagieren – ich will mich zeigen, denn das Volk wird aufmerksam werden und erwartet eine Reaktion, die wir vielleicht in die richtige Richtung lenken müssen", erklärte der Senator, als könne er Gedanken lesen.

Die fünf Männer machten sich also gemeinsam auf den Weg und gingen über die große via lata in Richtung Südosten auf das forum romanum zu, auf dessen Südseite sich das lange Oval des Circus Maximus erstreckte.

V. Panis et Squamifergeri

Die große Menschenmenge in der Nähe des Forums war vollkommen normal. Vor allem am Abend, wenn die Hitze des Tages nicht mehr so schwer auf der Stadt lastete, kamen die Leute aus den Häusern und trafen sich hier zum Gespräch oder einfach nur zum Schauen. Dass jedoch ein Strom an Menschen auf den Circus zusteuerte, obwohl keine Spiele stattfanden, besaß einen anderen Grund, den Saturninus und die Anderen leider nur zu bald erfuhren. Das Gerücht, dass ein furchtbarer Dämon dort gewütet und Menschen getötet hätte, weckte offensichtlich die Sensationsgier der Bevölkerung. Als die fünf Männer sich dem großen Oval des Circus Maximus näherten, konnten sie sehen, wie die Vigiles versuchten, die Massen vom Eingang der Kampfarena fernzuhalten und für Ordnung zu sorgen. Überall standen größere und kleinere Gruppen von Menschen zusammen und erzählten sich die Neuigkeiten, wobei beinahe jeder noch weitere Details hinzufügen konnte und so zur Ausweitung des Gerüchtes beitrug.

Saturninus und seine Begleiter gelangten am Südeingang des Circus an und mussten sich regelrecht durch die Menge der Neugierigen kämpfen. Zum Glück erkannten die Wachen den Präfekten recht schnell und bereiteten ihm und den anderen vier Männern eine Gasse, damit sie einigermaßen ungehindert hindurchgehen konnten. Das sich auf der Südseite des schmalen und langgezogenen Bauwerkes befindliche Portal öffnete sich zwischen zwei Türmen, die zusammen mit der Stirnseite einen halbrund gemauerten Bogen beschrieben. Innerhalb dieses Bogens gab es drei parallele Eingänge, von denen die beiden äußeren durch die Wachen gesperrt, und nur der mittlere passierbar war. Unterhalb der kaiserlichen Loge betraten die fünf Männer die Arena und schritten auf dem sandigen Boden an der in der Mitte liegenden Steinzunge entlang, die den Kampfplatz für die Wagenrennen und anderen Attraktionen aufteilte.

Einer der Unterführer der Vigiles kam ihnen bereits entgegen und empfing sie. Er grüßte Saturninus und dessen Begleiter und bat darum, ihm zu folgen. Genau gegenüber dem Hauptportal war auf der anderen Stirnseite eine Ansammlung weiterer Männer zu erkennen, die mit Fackeln die Tribüne beleuchteten. Es war eine seltsame Szene, die sich den Männern von hier aus bot. Fast sah es so aus, als würde man ein Fest dort drüben abhalten, doch die Gesichter der Angehörigen der Feuerwehr- und Polizeikohorten spiegelten etwas anderes wider, wie Saturninus feststellte, als er und seine Begleiter nähergekommen waren. Angst und Abscheu waren deutlich in den Blicken der Männer zu erkennen – und der Präfekt sollte gleich erfahren, dass dies auch nicht grundlos der Fall bei seinen Leuten war, die doch schon so viel gesehen und erlebt hatten.

Die Vigiles standen in zwei Reihen auf der stufenförmig nach oben hin ansteigenden Tribüne. Auf der obersten Sitzreihe konnte man bereits von unten die Silhouette einer dort sitzenden Gestalt erkennen, die jedoch irgendwie unnatürlich inszeniert aussah. Als Saturninus und die anderen Männer weiter hinaufgestiegen waren, bemerkten sie zu ihrer Verwunderung, dass überall auf den Sitzbänken Brotlaibe und Fische verstreut lagen. Je höher die Männer stiegen, desto größer wurde die Zahl der Brote und Fische; es mussten Hunderte sein. Ganz oben bei der sitzenden gestalt angelangt, konnten Saturninus und die Anderen erkennen, was die Männer so sehr entsetzt hatte. Eine männliche Leiche saß halb aufgerichtet zwischen einem wahren Berg an Brotlaiben und Fischen. Im Schein der Fackel war zu erkennen, dass dem Mann – wie bei den beiden vorherigen Opfern auch – die Augen ausgestochen, die Ohren abgeschnitten und die Zunge herausgerissen worden waren. Auch der tiefe Schnitt durch die Kehle fehlte hier nicht. Doch ein weiteres furchtbares Detail kam noch hinzu: man hatte ihn vom Hals bis zum Bauchnabel aufgeschnitten, irgend etwas, das ihn auf unnatürliche Weise auffüllte in ihn hineingestopft und die Wunde dann mit dünnen Lederriemen wieder zugenäht. Es war ein grotesker und zugleich schrecklicher Anblick, der sich den Männern bot.

„Bei den Göttern“, entfuhr es Senator Crassus, wahrscheinlich eher aus Gewohnheit, als aus religiöser Überzeugung. Der Tod war an diesem Ort des Kampfes allgegenwärtig und an der Tagesordnung – doch kein solcher Tod.

Auch Saturninus musste sich zunächst sammeln, bis er in der Lage war, wieder frei von Emotionen zu handeln. Doch nach einigen Momenten fing er sich wieder und begann damit, Fakten zu sammeln. Erinäus untersuchte die Leiche inzwischen und stellte bald fest, dass auch bei diesem Opfer der tödliche Kehlenschnitt mit der linken Hand des Täters geführt worden war.

„Was könnte diese Szene darstellen? Was sollen all die Brote und Fische bedeuten?“, fragte der Präfekt den Griechen Tharys.

„Es ist unfassbar“, schüttelte der alte Mann den Kopf. „Wer kann nur etwas dermaßen Böses tun?“

„Auf jeden Fall ist es kein Dämon gewesen, sondern jemand aus Fleisch und Blut – und wahrscheinlich nicht nur einer, denn allein schafft man so etwas nicht“, antwortete Saturninus absichtlich lauter, damit auch seine abergläubischen Männer es hörten. „Doch was soll das alles hier bedeuten?“, fragte er dann erneut.

„Die ... die Speisung der Menschen, die ihm bei einer Predigt zuhörten“, antwortete Tharys zögerlich. „Der Herr speiste Tausende ... mit wenigen

Broten und Fischen, die er und seine Jünger noch in den Körben hatten. Es war in der Gegend am See Genezareth auf einem Berg. Der Herr sagte zu ihnen, dass sie gehen und die Reste aus ihren Körben verteilen sollten – und es reichte für all die vielen Menschen", fuhr der alte Grieche fort.

„Wieder ein Wunder als Szene für einen Mord", bemerkte Saturninus nachdenklich und betrachtete den zugenähten Schnitt der Leiche, deren Haut sich über die unnatürliche Wölbung des Bauchraumes spannte. Der Präfekt holte ein Messer hervor und schnitt vorsichtig einige der Lederschnüre der Naht auf. Plötzlich gab es ein schmatzendes Geräusch und der Rest der Wunde platzte auf. Etliche Fische und Brotreste quollen heraus und rutschten die Stufen hinab. Ein furchtbarer Gestank verbreitete sich und einige der entsetzten Männer mussten sich übergeben.

„Alle Organe fehlen", stellte Erinäus fest, während er mit der Fackel in die offene Wunde hineinleuchtete. „Ausgeweidet wie ein Tier" fuhr er betroffen fort.

„Ja, man hat sich Zeit gelassen", nickte Saturninus. „Das alles muss an einem Ort geschehen sein, an dem man nicht gestört wird – und niemand die Schreie hört", fügte er mit düsterer Stimme hinzu. Er betrachtete die Leiche noch eine ganze Weile stumm und wie in sich gekehrt, während ein Plan in ihm reifte; ein Plan, der auch aus seiner Wut über diese Taten heraus geboren wurde, der er endlich Luft machen musste. „Hört alle her", rief er plötzlich aus und schritt dabei langsam die Stufen der Sitzreihen hinab. „Ich will, dass ihr alle morgen bereitsteht und in die Urbs ausschwärmt. Niemand ..., niemand wütet dermaßen in Rom und bleibt dabei ungestraft. Wir sind die Vigiles und wir werden ihn finden. Sucht überall nach Männern, die mit dem Schwert umgehen können. Ihr wisst, ihr müsst nach solchen Kämpfern Ausschau halten, welche die linke Hand nutzen. Fragt in den Gladiatorenschulen nach und blickt euch auch bei den freien Schaustellern auf den Märkten um. Ich will, dass ihr euch bei den Händlern umseht und danach fragt, wer in den letzten Tagen eine so große Menge an Broten und Fischen gekauft hat – und ich will die Namen dieses Mannes und der anderen beiden Opfer wissen. Erkundigt euch, wer vermisst wird und tragt diese Namen zusammen. Du, Flavius, teilst die Gruppen morgen früh ein. Für heute ist die Arbeit getan, doch sobald morgen die Sonne aufgeht, werden wir den, der für diese Taten verantwortlich ist, jagen. Wir sind die Vigiles!"

Großer Jubel und deutlicher Zuspruch folgten den Worten des Präfekten. Die Männer ließen Saturninus hochleben, als hätten sie auf eine solche Rede nur gewartet. Sie hatten nun eine reale Aufgabe angesichts dieser unheimlichen Vorfälle bekommen, und das baute die zweifelnden, verängstigten Männer wieder auf. So schnell es ging, wickelten sie die Leiche in Tücher ein und zogen dann wie in einer Prozession mit den Fackeln von dem Tatort ab und verließen den Circus.

„Wir werden morgen in Rom jeden Stein umdrehen, bis wir ihn haben", sagte Saturninus zu Crassus, der neben ihm herschritt.

„Erregt eine derartige Aktion nicht zu viel Aufmerksamkeit?", fragte der Senator besorgt.

„Aufmerksamkeit haben wir ohnehin schon, sieh“, erwiderte der Präfekt und deutete auf den Ausgang, vor dem noch immer eine große Menschenmenge stand und offensichtlich auf Sensationen wartete. Die Vigiles hatte große Mühe hindurchzukommen und der eingewickelte Leichnam, den sie hinaustrugen, wurde regelrecht umringt, so dass sich die Männer mit Gewalt Platz verschaffen mussten.

Als Saturninus und seine Begleiter aus dem Portal herauskamen, rief plötzlich jemand aus der Menge: „Crassus, seht, dort ist Senator Crassus. Lasst mich durch, ich bin ebenfalls Senator wie dieser Mann dort. Heda, Crassus, sieh her!“

Der Angerufene blickte in die Richtung, aus der die Rufe kamen. Ein ziemlich beleibter Mann mit Glatze und einem vor Zorn tiefroten Gesicht stand hinter der Reihe von Wachen, die versuchten, die Menge zurückzuhalten. Der etwa fünfzig Jahre alte Mann trug wie Crassus die purpurne Tunika der Senatoren. Sein Name war Drusus und er war nicht gerade das, was Crassus einen Freund nannte – nicht einmal einen politischen Freund. Dennoch konnte er Drusus nicht ignorieren und ging zu ihm hin.

„Crassus, was machst du hier?“ rief Drusus ihm zu, noch bevor der ältere Senator bei seinem collega angelangt war.

„Ich begleite Antonius Saturninus, den Präfekten der Vigiles, den ich seit vielen Jahren kenne, wie du vielleicht weißt“, antwortete Crassus.

„Das meinte ich nicht. Ich will wissen, was hier passiert. Das Volk von Rom hat ein Recht darauf zu erfahren, was geschieht, wenn ein Dämon in der Stadt sein Unwesen treibt!“ Diese Worte hatte Drusus extra laut gesprochen, damit es möglichst viele der umstehenden Leute mitbekamen, wie er sich für sie einsetzte.

„Niemand hat etwas von einem Dämon gesehen, Drusus. Du solltest derartigen Gerüchten kein Gehör schenken und sie auch nicht so verantwortungslos verbreiten“, ermahnte der ältere Senator sein Gegenüber mit ruhiger Stimme und erntete wiederum zustimmendes Kopfnicken von den Menschen, die zuhörten.

„Aber es hat hier mehrere Tote gegeben, die furchtbar zugerichtet sein sollen“, beharrte der andere Senator fast trotzig.

„Es gibt einen Toten, der im Circus gefunden wurde, Senator“, sagte Saturninus, der eben hinzugekommen war berichtigend.

„Präfekt Vigiles. Wie beruhigend für Roms Bürger, dich hier vor Ort zu wissen“, antwortete Drusus mit deutlichem Sarkasmus in der Stimme.

„Senator, ich bin immer dort, wo ich hingehöre“, erwiderte Saturninus ebenso, wobei er das Wort „ich“ besonders betonte und damit das kalte Grinsen im Gesicht von Drusus zerstörte.

„Aber das ist doch nicht der erste Tote, wie man hört“, keifte der beleibte Senator, „wann wirst du Rom den Mörder vorstellen?“

„Ich werde ihn finden, Senator“, antwortete der Präfekt mit fester Stimme und einem ebensolchen Blick in Drusus’ Augen. Dann wandte er sich ab und ging zusammen mit Crassus zurück zu den anderen Männern.

„Wir werden sehen, was du herausbekommst, Präfekt“, rief Drusus ihm noch hinterher.

„Er wird sich fortan wie ein keltischer Bluthund auf unsere Fersen heften und schon bald wird ganz Rom von jedem deiner Schritte wissen“, bemerkte Crassus bedauernd zu Saturninus.

„Ich frage mich, was sein Antrieb dabei ist? Nur seine Geltungssucht, oder steckt noch etwas anderes dahinter?“, murmelte der Präfekt und schüttelte seinen Kopf.

„Ich werde auf ihn achten und aufpassen, dass er im Senat keinen zu großen Aufwand betreibt“, versprach Crassus. Der nächste Tag brachte wie erwartet viel Arbeit, aber auch eine Menge Neuigkeiten für Saturninus und die Männer, die ihm halfen. Wieder hatten sich Erinäus und Tharys bei ihm eingefunden. Sein Offizier Flavius koordinierte die Einsätze der von ihm eingeteilten Gruppen der Vigiles und deren Aufgaben. Der junge Mann kam nach einiger Zeit bereits mit einer interessanten Meldung in die Kaserne und das Scriptorium des Präfekten zurück. „Wir wissen nun, wer das gestrige Opfer ist“, sagte er hocherfreut darüber, eine solch wichtige Nachricht überbringen zu können. „Sein Name ist Tillius Cravius. Der oder die Mörder brauchten überhaupt keine Brote und Fische einzukaufen, denn sie haben alles aus erster Hand bei ihrem Opfer bekommen."

„Wie das?", fragte Saturninus verwundert.

„Tillius Cravius war Großhändler für allerlei Lebensmittel, so auch für Fische und Brot. Er liefert direkt an die Armee und stell dir vor, Herr, sogar an das Haus des Kaisers", berichtete Flavius weiter. „Wir haben das herausgefunden, als wir die örtlichen Pistarae aufsuchten, um nach der Menge Brote zu fragen. Alle nannten den Namen des Mannes und als wir sein Haus aufsuchten, fanden wir seine Ehefrau vor, die bereits verzweifelt nach ihrem vermissten Mann suchte, der seit zwei Tagen verschwunden war. Wir haben sie inzwischen hinab in den Cella geführt und ihr das Opfer gezeigt – sie ist weinend zusammengebrochen, doch wir wissen nun immerhin, dass es Cravius ist, auch wenn es schwer für die arme Frau war."

Saturninus lobte seinen jungen Untergebenen für dessen umsichtige Arbeit und war insgeheim froh darüber, bei der Identifizierung der Leiche durch die Ehefrau nicht dabei gewesen zu sein. Er hasste es, trauernden Menschen gegenüber zu stehen. Die Bedeutung des Namens des dritten Opfers lenkte seine Aufmerksamkeit jedoch in eine neue Richtung des Falls. Ein Großhändler und Lieferant des Kaisers war nicht irgendjemand, sondern durchaus eine Persönlichkeit von hohem Interesse in Rom. War dies der Grund für seinen Tod? Saturninus konnte sich noch keinen Reim auf den Zusammenhang zwischen den drei Opfern machen, und doch musste es ihn geben. „Habt ihr auch die Namen der beiden anderen Opfer herausgefunden?“, fragte er Flavius.

„Nein, noch nicht. Der Mann, von dem wir annehmen, dass er ein Sklave ist, scheint von keinem Besitzer vermisst zu werden. Bei der Hure ist es so, dass derzeit sechs Frauen dieser Zunft verschwunden sind – von vieren haben wir die Namen, die jedoch nicht die richtigen sein müssen“, berichtete der junge Offizier.

„Wenn ich nur wüsste, was diese Menschen verbindet, dann hätten wir einen Ansatz zum Suchen“, sinnierte Saturninus. „Eine Hure, ein Sklave und ein bekannter Großhändler, der den Kaiser beliefert

– was haben die gemeinsam? Und weshalb bringt man ihren Tod in Verbindung mit eurem Glauben, obwohl sie gar nicht zu euch gehören?“, fragte der Präfekt mehr sich selbst als Erinäus und Tharys, während er im Scriptorium auf und abschritt.

„Vielleicht hat man sie nur zufällig gewählt, weil sie gerade greifbar waren“, vermutete der alte Grieche.

„Nein“, schüttelte Saturninus entscheiden seinen Kopf und ging weiter auf und ab. „Spätestens seit dem Mord an Tillius Cravius ist mir klargeworden, dass es nicht nur darum geht, euch in ein schlechtes Licht zu rücken. Das ist nur ein willkommener Anlass, wenn ich es mal so sagen darf. Ansonsten wären die Opfer alle bekannt in Rom gewesen. Es steckt noch mehr dahinter. Das Geheimnis lüftet sich, wenn wir herausfinden, was die drei Opfer gemeinsam haben; so weit sie auch auseinander stehen mögen.“ Der Präfekt stellte sich an eines der Fenster und blickte hinab auf den Innenhof der Kaserne, in den gerade eine Abteilung seiner Männer hineinkam und zwei Fremde in ihrer Mitte mit sich führten. Die beiden Verhafteten machten nicht gerade einen begeisterten Eindruck, versuchten allerdings auch nicht, sich zu wehren. Während Saturninus das Geschehen eher beiläufig beobachtete, kam ihm ein Gedanke, den er bisher noch nicht berücksichtigt hatte. „Allen drei Opfern hat man die Augen ausgestochen, die Ohren abgeschnitten und die Zungen herausgerissen“, sagte er und drehte sich zu Tharys, Erinäus und Flavius um. „Was hat das zu bedeuten? Der Mörder begeht keine seiner Folterungen ohne Grund. Gibt es da etwas in eurem Zimmermannsglauben, was damit zu tun hat?“

Sowohl Erinäus als auch der alte Grieche schüttelten den Kopf. Dennoch wusste Tharys zumindest eine Antwort: „Bei den Thrakern ist dies die Strafe für Verräter, die Geheimnisse ausgeplaudert haben. Sie sollen dadurch gestraft werden, dass sie im jenseitigen Leben den Hör- und Sehsinn verlieren und auch nicht mehr sprechen können, um für alle Zeiten für den Verrat zu büßen.“

„So ist es“, nickte Saturninus, „das ist der Schlüssel. Alle drei Getöteten sollen für immer schweigen. Vielleicht haben sie noch nicht einmal etwas verraten – aber damit sie es weder hier noch im Reich der Toten tun, werden sie so zugerichtet, wie wir sie vorgefunden haben. Nun stellt sich die Frage, was es sein kann, was sie alle drei wissen aber nicht erzählen dürfen?"

„Das Geheimnis eines Mannes, der sich Sklaven leisten kann und in den Kreisen verkehrt, in denen sich auch der Großhändler Cravius aufhielt. Dort, wo man Huren zur persönlichen Befriedigung des Geschlechtsdranges zu sich in die Domus kommen lassen kann, ohne bestimmte Orte aufsuchen zu müssen", ergänzte Flavius den Gedankengang seines Vorgesetzten und bewies damit, dass er etwas von dem Scharfsinn des Präfekten übernommen hatte.

„Sehr richtig", nickte Saturninus zufrieden. „Damit erklärt sich ein Zusammenhang zwischen den drei so unterschiedlichen Opfern. Das bedeutet jedoch, dass wir bei unseren weiteren Untersuchungen einigen Bürgern Roms näher kommen, bei denen das nicht ungefährlich ist, weil sie einflussreich sind und gar nicht wollen, dass wir uns um sie kümmern." Der Sarkasmus in der Stimme des

Präfekten war unüberhörbar. Es war klar, dass er und seine Männer fortan sehr um- und vorsichtig bei der Verfolgung der Spuren sein mussten. Zumal jemand wie Senator Drusus sie nun ganz genau beobachtete, der eben zu jenen Kreisen zählte, über die sie gerade gesprochen hatten. Saturninus wollte gerade mit seinem Gedankengang fortfahren, als plötzlich einer seiner Unterführer mit den beiden Männern hineinkam, die der Präfekt bereits durch das Fenster beobachtet hatte. Der eine der beiden Verhafteten war bereits deutlich über 60 Jahre alt und besaß schütteres, graues Haar, das ihm strähnig bis auf die Schultern hing. Sein linkes Auge war von einer Klappe aus Leder bedeckt. Eine tiefe Narbe verlief darunter bis hinab zum Kinn. Der rechte Arm fehlte bis zum Ellenbogen. Der andere Mann war sehr groß und auffällig muskulös. Sein dunkler Teint deutete darauf hin, dass er wohl aus dem Norden Afrikas stammte. Auch er besaß einige Narben und Blessuren, war aber ansonsten körperlich unversehrt.

„Herr, diese beiden Männer sind bisher die einzigen, die uns aufgefallen sind“, begann der Unterführer. „Dies ist Marcus Sirenius, ein Veteran der Germanenkriege, der sich als Marktkämpfer verdingt und mit seinem verbliebenen Arm noch ausreichend geschickt kämpft. Der Hüne hört auf den Namen Parther und stammt aus der Gladiatorenschule des Gaius Persius. Wir sollen gut auf ihn Acht geben, denn er ist dem Persius sehr teuer – er kämpft übrigens mit links."

Saturninus betrachtete die beiden Männer, war aber augenblicklich davon überzeugt, dass sie nichts mit den Morden zu tun hatten. „Du kämpfst auf den Märkten für Geld gegen Freiwillige – mit dem stumpfen Schwert?", fragte der den älteren der beiden Männer.

„Es ist mein einziges Einkommen, nachdem Rom mich vergessen hat", brummte der Mann verbittert. „Ist das der Grund, weshalb ich hier bin?", wollte er wissen.

„Nein, das ist er nicht. Aber ich dachte immer, dass die Veteranen eine Parzelle Land erhalten, um es zu bebauen und sich zu ernähren", bemerkte der Präfekt.

„Ich wurde beim Spiel betrogen“, antwortete der Einarmige.

Saturninus nickte nur vielsagend und wandte sich dann an den Hünen mit der dunklen Hautfarbe: „Bist du ein freiwilliger Kämpfer im Hause des Persius?“

„Man brachte mich gegen meinen Willen in dieses Land“, antwortete der Gefragte mit tiefer und fester Stimme.

„Aber du kämpfst als Gladiator?“

„Nur für meine Freiheit!“

„Würdest du auch außerhalb der Arena dafür töten?“, wollte Saturninus wissen.

„Jeden, der mir dabei im Weg steht“, antwortete der Hüne und blickte dem Präfekten dabei fest in die Augen.

„Auch Frauen und Kinder?“

„Das ist vielleicht Roms Vorgehensweise, nicht meine!“

Saturninus hatte genug vernommen und wandte sich von den beiden Männern wieder ab. Seine anfängliche Vermutung sah er nun bestätigt. Dennoch wies er Flavius an, die beiden Männer noch weiter zu befragen, denn er wusste, dass er sich dabei voll auf seinen Untergebenen verlassen konnte, was das Aufspüren von Widersprüchen und Lügen anging. „Ich selbst werde nun noch einmal versuchen, den Namen der Hure herauszufinden. Wenn wir den Dingen auf den Grund gehen können, dann über sie", sagte er zu Flavius.

„Aber wo willst du nachfragen, Herr?", wollte der junge Offizier wissen.

„Ich weiß jemanden, dem ich die Namen, die ihr bisher herausgefunden habt nennen kann. Ich lasse mir dann von ihr Beschreibungen der Frauen geben, vielleicht hilft uns das weiter."

„Von ... ihr?", fragte Flavius nach und konnte sich ein leicht süffisantes Grinsen nicht verkneifen.

„Von ihr, ja", antwortete Saturninus mit gespieltem Ernst. „Ich kenne die Frau aus dem Dienst", schob er nach und erzeugte ein weiteres Grinsen im Gesicht des jungen Offiziers. Doch dann wurde es wirklich wieder ernst und der Präfekt gab noch einige Anweisungen bezüglich der Befragung der beiden Verhafteten. Dann machte er sich auf den Weg, denn er wollte erneut das „Badehaus" aufsuchen, in dem er Arabella kennen gelernt hatte. Sie sollte ihm weiterhelfen, denn vielleicht kannte sie ja wirklich den Namen des ersten Opfers. Saturninus nahm Erinäus mit sich, denn er schätzte inzwischen die Gesellschaft des Mannes aus Damaskus. Er mochte dessen geistige Gewandtheit ebenso, wie die körperliche. Dem alten Griechen Tharys, den er ebenfalls sehr mochte, wollte er jedoch die Umgebung, in die sie sich nun begeben mussten nicht zumuten. Er bat ihn darum, nachhause zu gehen und dafür am nächsten Tag wieder zur Verfügung zu stehen. Dem Präfekt gefiel die Zusammenarbeit mit diesen beiden so unterschiedlichen Männern, denn sie befruchteten seine Gedanken. Hätte es sie beide nicht gegeben, dann wären seine Untersuchungen mit Sicherheit in die falsche Richtung gelaufen – die, welche der Mörder die ganze Zeit als Spur legte; Saturninus ahnte zu diesem Zeitpunkt noch nicht, dass er trotzdem einer gelegten Fährte folgte...

VI. Insidiae

Nach einem etwa halbstündigen Fußmarsch gelangten die beiden Männer am besagten Gebäude an und Saturninus deutete auf den Stichweg, der zum Eingang führte. Dort angelangt klopfte der Präfekt an der Pforte und Sekunden später erschien wieder das grimmige Gesicht des glatzköpfigen Türwärters. Als er Saturninus erkannte, verschwand er blitzschnell von der Klappe. Kurz darauf öffnete sich die Tür und der dürre Mann mit den tiefen Furchen im Gesicht erschien im Türrahmen. Er blickte den Präfekten und dessen Begleiter mit einer Mischung aus Furcht und Neugier an. „Präfekt Vigiles, ich hoffe, dass dein Besuch diesmal privater Natur ist. Wie ich sehe, hast du noch jemanden mitgebracht, dem du unser Haus empfiehlst?“, säuselte der Mann.

„Weder das Eine, noch das Andere. Ich suche diejenige eurer Frauen, die Arabella heißt. Sorg dafür, dass sie Zeit für uns hat“, erwiderte Saturninus und wollte schon eintreten.

„Arabella ist nicht hier“, antwortete der andere Mann mit trotzigem Unterton. „Sie wird vielleicht überhaupt nicht mehr herkommen, das dumme Ding. Die Götter wissen, wie sie fortan ihr Leben bestreiten will. Dabei hatte sie es hier sehr gut, die Männer lagen ihr zu Füßen“, hielt er einen beleidigten Monolog.

„Wo finde ich sie?“, unterbrach der Präfekt seinen Redeschwall.

„Sie wohnt in der Subura, in einer insula in der Via Travia. Frag dort nach dem atriensis, sie wird mit Sicherheit dort bekannt sein“, erzählte der Hagere. „Mehr kann ich dir leider nicht sagen, Präfekt“, fuhr er fort.

„Ich danke dir“, antwortete Saturninus schief lächelnd. Zusammen mit Erinäus machte er kehrt und verließ die „Therme“. Der von dem Mann genannte Stadtteil Roms lag genau in der entgegengesetzten Richtung, nämlich im nordöstlichen Zentrum zwischen den Hügeln Viminal und Quirinal. Es war ein weiter Weg von hier aus zu Fuß, also hielt der Präfekt Ausschau nach einer berittenen Patrouille. Zu ihrem Glück kreuzte bald darauf ein

Zweigespann ihren Weg, dessen Fahrer zur Stadtwache gehörte und Versorgungsfahrten zu den einzelnen Toren Roms unternahm. Saturninus hielt den Wagen an und bat den Fahrer, der den Präfekten kannte, ihn und Erinäus nach Subura zu bringen. Auf diese Weise kamen sie weitaus schneller voran. Dass sie dennoch verfolgt wurden, bemerkten sie zu diesem Zeitpunkt noch nicht.

Subura war einer der Stadtteile Roms mit der größten Bevölkerungsdichte. Es gab fast ausschließlich mehrstöckige insulae, die den reicheren Bürgern der Stadt gehörten, jedoch zumeist vom ärmsten Teil bewohnt wurden. Allerdings wohnten auch einige Künstler, Handwerker und Politiker der Plebejer – der Senatoren aus dem Volk – in diesem auch als Tal der Armen bezeichneten Abschnitt der Stadt, der gleichzeitig der Geburtsort des großen Julius Cäsar gewesen war. Der Fahrer des Zweiergespannes setzte Saturninus und Erinäus in der Via Travia ab, die sich zusammen mit anderen Straßen wie ein Netz durch die Häuserschluchten zog. In der Luft des schwülwarmen Abends lag ein Duftgemisch aus Gebratenem, billigem Wein und

Urin. Die Straßen waren belebt von Kindern, Huren, Händlern und vielerlei seltsamer Gestalten, die in Hauseingängen standen oder in dunkle Gassen huschten, um nicht länger als unvermeidbar gesehen zu werden. Es war für reichere Bewohner Roms nach Einbruch der Dunkelheit nicht ganz ungefährlich, sich in dieser Gegend fortzubewegen. Saturninus brauchte sich jedoch nicht zu fürchten, denn allein seine Uniform verschaffte ihm bei allen Leuten, denen er und sein Begleiter begegneten, den nötigen Respekt. Zudem war der Präfekt gut bewaffnet und konnte mit seinem gladius hervorragend umgehen. An der Ecke der Via Travia zur Via Marcellus gab es ein vorgelagertes Gebäude, das mit vier Säulen auf der Frontseite versehen war und hier inmitten der im einfachen Baustiel gehaltenen Mietshäuser eher fremd wirkte. Eine an der Hauswand angebrachte Steintafel mit dem Wort „Artriensis“ wies das von außen beinahe wie ein Tempel wirkende Gebäude als Scriptorium des Hausmeisters und Verwalters der Häuserreihen dieser Straßen aus. Saturninus und Erinäus sahen zum Glück noch Licht durch die Fenster scheinen und stiegen die Treppe zur Eingangstür hinauf. Sie klopften kurz an und traten dann ein. Ein zentraler Raum, der von einer Theke in L-Form abgeteilt wurde, erwartete sie. An den Wänden gegenüber dem Eingang hingen etliche Schiefertafeln mit Kreideskizzen und vielen Namen darauf. An einem Tisch saß ein etwa vierzigjähriger Mann, allerdings mit dem Rücken zu den beiden Eintretenden – und ohne sich umzudrehen und zu sehen, wer dort hereingekommen war. „Kommt gefälligst bei Tage wieder, wenn wir im Dienst sind“, schnauzte der Mann Saturninus und Erinäus an, wobei er sich noch immer nicht die Mühe machte, sich umzublicken. Der Präfekt sah seinen Begleiter an und grinste fast schelmisch bevor er tief Luft holte und den Mann am Schreibtisch anschrie: „Dreh dich augenblicklich um und erhebe dich, wenn du mit einem Präfekten der Vigiles sprichst, Bursche. Ansonsten kannst du dein Brot demnächst im Steinbruch verdienen!“

Der Mann am Schreibtisch sprang wie von einer Schlange gebissen auf, drehte sich um und starrte Saturninus mit weit aufgerissenen Augen an. Als er sich offenbar davon überzeugt hatte, dass dort tatsächlich ein Präfekt vor ihm stand, wich jede Farbe aus seinem Gesicht und er stammelte: „Ich ... es tut mir ... leid, ich bin ... leider.“

„Hör mir zu“, beendete Saturninus den Versuch des artriensis, sich irgendwie zu rechtfertigen. „Wir suchen eine junge Frau, die hier wohnen soll. Ihr Name ist Arabella, sie hat ...“

„Eingang IV, im obersten Stockwerk, Herr“, antwortete der andere Mann augenblicklich und noch immer bleich wie ein Laken. „Rote Haare, schlank, sehr schönes Gesicht. Ich hoffe, das ist die Frau, die ihr sucht, Herr. Aber bitte schick mich nicht in den Steinbruch, Herr.“

„Die Beschreibung stimmt in der Tat, deshalb will ich noch einmal Gnade walten lassen“, antwortete der Präfekt gespielt streng, während er aus den Augenwinkeln erkennen konnte, wie Erinäus sich angestrengt auf die Unterlippe biss. „Doch wehe, du wagst es noch einmal, so mit anderen Menschen zu sprechen. Ich habe viele Freunde hier, merke dir das!“

„Jawohl, Herr“, nickte der Hausmeister heftig und verbeugte sich noch mehrmals danach. Saturninus und Erinäus verließen das Gebäude und verschafften ihrer angestauten Heiterkeit durch laut schallendes Lachen Platz, nachdem sie sich etwas von dem Haus entfernt hatten. Beinahe hätten sie darüber noch ihr Ziel verpasst, denn sie waren bereits auf der Höhe des IV. Einganges der insula. Sie öffneten die schwere Holztür und betraten das zentrale Treppenhaus. Der Geruch von tranigem Lampenöl und Speiseresten schlug ihnen entgegen. Stimmengewirr war zu hören, irgendwo schrie ein Kind nach seiner Mutter, die ungeduldig antwortete. Licht schien schwach aus dem ersten Stock herab, in dem eine kleine Öllampe flackerte. Die beiden Männer betraten die nicht gerade Vertrauen erweckend knarrenden Stufen und gingen hinauf in die dritte Etage, in der es nur eine Tür zu einer Wohnung gab. Auf der anderen Seite war ein Durchgang zu einer gemeinschaftlichen Dachloggia, die jedoch mit allerlei Müll und Gerümpel voll gestellt war, wie es aussah. Der Präfekt klopfte an der Wohnungstür und wartete einen Augenblick.

Es tat sich nichts, also versuchte er es erneut. Plötzlich hörte man eine Kinderstimme rufen: „Mama, es ist jemand an der Tür.“ Dies geschah offenbar sehr zum Unmut der gerufenen Mutter, denn sie zischte leise, um ihr Kind zum Schweigen zu bringen, obwohl es dazu natürlich bereits zu spät war. Saturninus klopfte also nochmals an die Tür und reif leise Arabellas Namen. Kurz darauf waren Schritte zu hören. „Wer ist dort?“, fragte eine Frauenstimme, die der Präfekt sofort wiedererkannte. „Antonius Saturninus, Präfekt der Vigiles – erinnerst du dich an mich?“, antwortete er.

„Was willst du?“, war hinter der Tür zu hören. Diesmal klang die Stimme deutlich unwirsch.

„Ich muss mit dir reden. Bitte, es ist sehr wichtig.“

Nach einer längeren Pause hörte man, wie die Tür entriegelt wurde . Dann öffnete sie sich einen Spalt und das Gesicht von Arabella erschien darin.

„Ich habe noch jemanden mitgebracht. Erinäus gehört zu den Leuten, die den Zimmermann verehren“, erklärte der Präfekt und deutete auf seinen Begleiter.

„Leise. Kommt herein“, sagte Arabella beschwörend und öffnete die Tür ganz, um sie dann eilig wieder hinter den beiden eintretenden Männern zu schließen. Sie nickte Erinäus freundlich zu und blickte Saturninus dann streng an. „Was ist denn so wichtig, dass du mich in Gefahr bringen musst, Präfekt?“, fragte sie vorwurfsvoll. Sie trug eine einfache beige Tunika, ihr Haar war unordentlich hochgesteckt und ihr ebenmäßiges Gesicht ungeschminkt – sie war wunderschön in ihrem Zorn, wie Saturninus fand. „In welche Gefahr bringe ich dich denn?“, fragte er verwundert und lächelte.

„Vigiles, du hörst dich noch immer nicht beim Volk um, wie?“, fauchte sie wütend. „Die Morde, die geschehen sind. Sie werden den Chrestiani angehängt – zumindest ist es hier in der Gegend so. Ihr solltet also niemandem erzählen, dass dieser Mann hier ein Anhänger dieser Leute ist.“

„Wir wissen inzwischen, dass den Chrestiani die Morde angehängt werden sollen. Deshalb sind wir hier, denn wir hoffen, dass du uns dabei helfen kannst, die wahren Mörder zu finden“, antwortete Saturninus.

„Wie soll mir das möglich sein?“, fragte sie zweifelnd.

„Das erste Opfer, von dem ich dir erzählte ...“

„Die Hure“, bemerkte sie mit sarkastischem Unterton.

„Ja genau. Wenn wir ihren Namen und ihren Umgang kennen, dann würde uns das sehr viel weiterhelfen.“ Saturninus holte ein Papyrus hervor, auf dem die vier Namen der vermissten Huren standen. „Lyria, Dorianna, Verdane und Ostesia“, las er vor. „Kennst du einen der Namen?“

„Dorianna, ich kenne ein Mädchen, das Dorianna heißt. Ich habe sie jedoch schon lange nicht mehr gesehen“, antwortete Arabella. „Sind sie alle ...?“

„Nein“, schüttelte Saturninus seinen Kopf. „Sie sind nur verschwunden. Wir wissen nicht, was mit ihnen ist. Doch dieses Mädchen, das du kennst. Kannst du es uns beschreiben?“

Arabella überlegte einen Augenblick. „Gib mir den Papyrus“, bat sie den Präfekten.

„Du kannst lesen?“, fragte er verwundert.

„Nein, das nicht. Aber ich kann zeichnen“, antwortete sie selbstbewusst und nahm Saturninus das Papyrus aus der Hand. „Kommt“, sagte sie und führte die beiden Männer aus dem Flur in den Wohnraum. Er war spärlich ausgestattet . Nur ein grober Holztisch mit einer daneben stehenden Feldliege und eine kleine Feuerschale befanden sich in dem Raum. Zudem gab es noch eine gemauerte Rauchegge mit einer Feuerstelle darunter, neben der zwei Terrakottatöpfe standen. Ein dunkler Vorhang trennte einen zweiten Raum ab, der sicher als Schlafgemach für das Kind diente, das sie vorhin gehört hatten, wie Saturninus vermutete. Und richtig, kurz nachdem er und Erinäus den Wohnraum betreten hatten, lugte der lockige Kopf eines vielleicht siebenjährigen Mädchens hinter dem Vorhag hervor und beäugte die beiden fremden Männer neugierig. Das Kind war seiner Mutter wie aus dem Gesicht geschnitten, nur das Haar war dunkler und die Augen leuchteten hellblau.

„Das ist Ariane“, erklärte Arabella.

„Wo ist ihr Vater?“, fragte Saturninus fast automatisch und hätte sich im nächsten Moment für diese Indiskretion am liebsten selbst geohrfeigt, denn er wusste ja, welcher Tätigkeit Arabella nachging; möglicherweise war das Kind ja eine Folge davon.

„Ihr Vater zog es vor, gegen die Barbaren in Britannien zu kämpfen, als er erfuhr, dass ich schwanger war. Ich habe seit dem nichts mehr von ihm gehört. Er war übrigens Tribun“, ergänzte sie in einem Ton, als hätte sie die Gedanken Saturninus' erraten. Dann ging sie hinaus auf einen kleinen Balkon, der zu der Wohnung gehörte. Viele Kerzen leuchteten und spendeten Licht. Sie setzte sich auf einen Schemel und begann mit einem Kohlestift auf dem Papyrus zu zeichnen. Saturninus und Erinäus traten ebenfalls hinaus und bestaunten einige Ziegel, die am Geländer lehnten und offensichtlich von Arabella mit den unterschiedlichsten Motiven bemalt worden waren. „Ich kann mir Papyrus nicht leisten“, bemerkte sie beiläufig.

„Du bist eine wahre Künstlerin“, lobte der Präfekt sie, denn er war wirklich fasziniert von den Kunstobjekten.

„Es ist leider eine brotlose Kunst“, antwortete sie bedauernd. „Die Männer Roms wollen lieber für den Körper einer Frau bezahlen, als für ihre Bilder“, fügte sie sarkastisch hinzu, während sie weiterzeichnete. Nach einiger Zeit hielt sie inne und betrachtete ihre Skizze skeptisch. Doch dann nickte sie und zeigte sie den beiden Männern. „Das ist sie, so sieht Dorianna aus“, erklärte sie dazu. Saturninus und Erinäus betrachteten das beinahe lebensecht wirkende Bild fasziniert. Die Frau auf dem Papyrus blickte ihnen lächelnd entgegen. Der Präfekt versuchte sich in Gedanken an das Gesicht des ersten Opfers zu erinnern – zumindest an den Teil, der noch vorhanden gewesen war. Er war sich nicht sicher, aber die Züge der Frau auf dem Bild konnten tatsächlich passen. Auch das von Arabella gezeichnete Haar glich dem der Hure, die am Tiber gelegen hatte.

Erinäus schien sich noch sicherer zu sein, denn er nickte zuversichtlich. „Das ist sie!“, sagte er voller Überzeugung.

„Möglicherweise“, antwortete Saturninus noch immer zögerlich, denn er wollte sich nicht zu sehr auf den Zufall verlassen, dass ausgerechnet diese Frau auf dem Bild tatsächlich identisch mit dem Opfer war. Trotzdem keimte auch bei dem Präfekten die Hoffnung auf, damit endlich weiterzukommen. Er erzählte Arabella nun von seinen Vermutungen über die möglichen Zusammenhänge der Opfer und fragte sie nach Bekanntschaften von Dorianna.

„Sie war manchmal mit mir zusammen in der Therme des Rufus, dort wo wir uns das erste Mal begegnet sind", antwortete sie und blickte Saturninus dabei vielsagend an. „Doch in der letzten Zeit arbeitete sie viel allein. Sie war wunderschön und sehr... begehrt bei den hohen Herren dieser Stadt, müsst ihr wissen."

„Kannst du dich erinnern, ob sie jemals von jemanden bestimmten sprach? Von einem Patrizier oder gar jemandem aus dem Senat?", wollte Saturninus wissen.

Arabella blickte ihn nachdenklich an und versuchte sich zu erinnern. „Ja", sagte sie plötzlich, denn es fiel ihr etwas ein. „Sie erzählte mir mehrmals von einem reichen Mann, einem Großhändler, der sie immer reichlich beschenkte. Ich erinnere ... mich leider nicht ... an seinen Namen ..."

Saturninus horchte auf. „Tillius Cravius?“, fragte er.

„Ja, ja ..., ich glaube, dass dies sein Name war“, nickte Arabella.

„Er ist das dritte Opfer. Damit haben wir den Beweis für die Verbindung zwischen ihnen“, bemerkte der Präfekt und schlug mit der rechten Faust in die offene linke Hand – sein Instinkt hatte ihn doch nicht verlassen. Ohne Vorwarnung schlugen plötzlich zwei kurze Pfeile dicht neben Saturninus und Arabella in das Balkongerüst ein. Sofort warf der Präfekt sich und die junge Frau nieder. „Woher kamen die?“, fragte er Erinäus, der sich hinter der Brüstung duckte.

„Von dort drüben“, antwortete der Mann aus Damaskus und deutete auf die Häuserreihe gegenüber, die vielleicht 50 Schritte entfernt war. Saturninus lugte vorsichtig über das Geländer, konnte in der Dunkelheit jedoch nichts ausmachen; zudem blendeten ihn die vielen Lichter der Kerzen auf dem Balkon. „Schnell hinein!“, zischte er Arabella und Erinäus zu, denen er dann in geduckter Haltung folgte. Drinnen schlossen sie die Holztür des

Balkons und versuchten durch die geschnitzten Ornamente hindurch zu blicken, um etwas zu erkennen. Zu ihrem Schreck flogen zwei weitere Pfeile heran, die dicht neben den Verzierungen in der Tür stecken blieben. Der oder die Attentäter waren also noch dort drüben und beobachteten sie. „Wir müssen sie stellen, sie schießen nicht ohne Grund auf uns“, bemerkte der Präfekt.

Erinäus nickte zustimmend. „Wir schleichen uns über den Innenhof hinüber und steigen die Balkonbrüstungen hinauf“, schlug er vor.

„Traust du dir das zu?“, fragte Saturninus verwundert.

„Wenn du es schaffst, kann ich es auch“, grinste der Mann aus Damaskus trotz seines Alters zuversichtlich.

Saturninus bat Arabella darum, in der Wohnung zu bleiben und niemandem zu öffnen, was sie heftig nickend bestätigte. Die beiden Männer verließen die Wohnung und stiegen hinab ins Erdgeschoss, wo eine Hintertür hinaus auf den Innenhof zwischen den Hausreihen führte. Trockener Lehmboden, lediglich mit einigen trockenen Sträuchern bewachsen, bestimmten das Bild des Hofes. Es war stockfinster, hinter wenigen Fenstern schienen noch Kerzen, deren Licht jedoch nicht bis hinab zum Hof reichte. Den beiden Männern war das nur recht, denn so stellten sie wenigstens keine Ziele für weitere Pfeile dar und konnten sich hoffentlich unbemerkt hinüber zur anderen Hauswand schleichen. Die Balkonbrüstungen bestanden aus einzelnen Steinelementen, durch die man gut hindurch greifen und sich hinaufziehen konnte. Der untere Balkon war dabei zum Glück vom Erdboden aus für sie gut erreichbar. Erinäus stieg selbstbewusst hinauf und zog sich gewandt und schnell hoch. Saturninus blickte ihm nach und bewunderte die Schnelligkeit seines Begleiters, der sein 70. Lebensjahr bereits hinter sich hatte, jedoch noch immer klettern konnte, wie ein Junge. So schnell es ging, folgte der Präfekt ihm und zog sich ebenfalls hinauf. Saturninus hoffte dabei nur, dass sie nicht von einem der Bewohner entdeckt und für Einbrecher gehalten werden würden oder durch laute Rufe auf sie aufmerksam machte. Seine Befürchtungen bestätigten sich zum Glück nicht und sie gelangten ohne Zwischenfall auf das oberste Balkongeländer und blickten sich um. Hier oben befanden sie sich allerdings nicht mehr im schützenden Schatten der Hauswand sondern wurden vom Licht des Mondes beleuchtet. Rechts von ihnen befand sich eine baugleiche Loggia wie in dem Haus, das Arabella bewohnte.

„Von dort sind die Pfeile meiner Meinung nach abgeschossen worden“, flüsterte Erinäus und nickte mit dem Kopf in die Richtung. Kaum hatte er das ausgesprochen, als plötzlich ein Mann aus dem Schatten der Loggia heraustrat und mit einer seltsamen Waffe, die wie ein quer liegender Bogen mit zusätzlicher Spannvorrichtung aussah, auf sie zielte. Zum Glück für die beiden war der Winkel von der Loggia zum Balkon für den Schützen sehr ungünstig, so dass er nicht direkt auf die schießen konnte. Der kurze Pfeil traf jedoch den rechten Arm von Erinäus, der vor Schmerz aufschrie und beinahe hinabgefallen wäre, sich aber gerade noch festhalten konnte. Saturninus wusste, dass er nun schnell handeln musste, denn der feindliche Schütze spannte bereits einen weiteren Pfeil in seine

Waffe. Der Präfekt arbeitete sich so schnell es ging das Balkongeländer entlang und überwand mit einem gewagten Sprung den Abgrund zwischen Balkon und Dachplattform, auf welcher der Gegner stand. Dieser versuchte zu reagieren und Saturninus schon im Flug zu treffen, doch der römische Offizier war um Sekundenbruchteile schneller und sprang den Schützen an. Blitzschnell zog Saturninus sein gladius und schlug dem anderen Mann die Schusswaffe aus den Händen. Doch der wollte nicht so schnell aufgeben und zog ebenfalls ein Schwert, dessen langgezogene Klinge wie ein Halbmond gebogen war. Wie ein Wahnsinniger schlug er damit auf den Präfekten ein und drängte ihn zurück. Gleichzeitig löste sich nun noch ein zweiter Gegner aus dem Schatten. Bevor der jedoch in den Kampf eingreifen konnte, sprang Erinäus ebenfalls vom Balkongeländer auf die Loggia und versetzte dem zweiten Gegner einen heftigen Fußtritt, so dass dieser zurück taumelte. Der Mann aus Damaskus setzte nach und stürzte sich auf den zweiten Gegner, während sich Saturninus gegen seinen Feind zur Wehr setzte und ihn auch endlich kontrollierte.

Erinäus, der unbewaffnet war, hatte es ebenfalls mit einem Mann zu tun, der ein langes und gebogenes Schwert zog und damit nach ihm hieb. Doch der Begleiter von Saturninus wich geschickt aus, packte dann plötzlich den Waffenarm seines Gegners und drehte dessen Schultergelenk so heftig um, dass der andere Mann mit Schmerzensschrei die Waffe fallen ließ und Erinäus ihn damit festhalten konnte.

Saturninus konterte einen mit voller Wucht geführten, vertikalen Hieb seines Gegners und führte anschließend seine Klinge blitzschnell an den Hals des anderen Mannes, der sich laut gurgelnd an die Kehle fasste, während Blut daraus hervorschoss. Er taumelte einige Schritte vor und stürzte dann vom Rand der Loggia hinab in die Tiefe. Tief durchatmend blickte der Präfekt sich zu seinem Begleiter um, der seinen Gegner noch immer festhielt und dessen Oberkörper dabei niederdrückte. Saturninus richtete die Klinge seines gladius gegen den Gefangenen und nickte Erinäus zu, der dem Mann nun gestattete, sich langsam aufzurichten, während der Präfekt diesem die Spitze des Schwertes gegen den Hals drückte. Der Mann, der Saturninus aus tiefdunklen Augen feindselig anblickte, mochte etwa dreißig Jahre als sein. Sein bartloses Gesicht trug syrische oder ägyptische Züge, wie es aussah. Im Licht des Mondes war eine tiefe Narbe auf der linken Wange des Mannes zu erkennen, die das ansonsten ebenmäßige Gesicht entstellte.

„Wer bist du und weshalb hast du auf uns geschossen?“, fragte Saturninus ihn. Wie erwartet antwortete der Gefragte nicht, sondern blickte den Präfekten nur weiterhin finster an. „Ich weiß, dass du in jemandes Auftrag handelst. Du hast einen römischen Präfekten angegriffen, darauf steht der sichere Tod. Wenn du dich retten willst, dann antworte. Wer hat dich geschickt?“ Saturninus drückte seine Klinge noch etwas fester an den Hals des Mannes, so dass eine kleine Wunde entstand, aus der etwas Blut heraus lief, das sich mit dem Schweiß vermischte. Doch statt zu antworten, schlug der Mann vollkommen unerwartet das Schwert weg, befreite sich aus dem gelockerten

Griff von Erinäus und sprang mit einem weiten Satz und einem schrillen Schrei vom Rand der Loggia hinab in den sicheren Tod. Entsetzt blickten Saturninus und sein Begleiter ihm nach und hörten kurz darauf den dumpfen Aufschlag auf den Boden. Für einen Augenblick waren beide wie gelähmt und sahen sich ratlos an.

„Er fürchtete den Tod nicht und hätte niemals verraten, wer ihm den Auftrag gab“, stellte Erinäus nüchtern fest.

„Aber es ist zumindest offensichtlich, dass irgendjemand diese beiden Männer gedungen hat, uns zu töten“, bemerkte der Präfekt. „Ich denke, wir werden diesem Jemand langsam unbequem“, fuhr er mit sarkastischem Unterton fort. „Und ich glaube, ich weiß, wo wir diesen Jemand zu suchen haben, der einigen Einfluss und genügend Geld besitzen muss“, fügte er noch mit etwas düsterem Ton hinzu.

„Du glaubst also wirklich, dass es ein Senator ist?“, bemerkte Erinäus mehr als Feststellung und weniger als Frage, während er sich um seine Armwunde kümmerte und sie mit einem Stück Stoff verband.

Saturninus nickte. „Ich fürchte in der Tat, dass einer der Väter Roms dahinter steckt. Das würde auch die Nähe zu Tillius Cravius erklären."

„Senatoren gibt es 600 in Rom. Wo willst du anfangen?"

„Nicht bei den Plebejeries, eher bei den Patries – und mir schwebt da schon ein ganz bestimmter Name vor, dessen Besitzer ich morgen aufsuchen werde", antwortete der Präfekt. „Komm, wir sehen zur Sicherheit noch nach den beiden Tätern und gehen dann zu Arabella zurück", sagte er und verließ mit seinem Begleiter die Loggia über das Treppenhaus. „Wer hat dich eigentlich so kämpfen gelehrt?", wollte Saturninus wissen, während sie die Treppe hinabstiegen.

„In meiner Jugend lebte ein Mann in Damaskus, der aus Hinterindien aus einem Königreich namens Koryo stammte und sich auf einer langen Studienreise befand. Von ihm lernte ich diese Kunst", erklärte Erinäus.

„Ich bin diesem Mann sehr dankbar, dass er dich das lehrte, denn du hast mir damit das Leben gerettet“, bemerkte der Präfekt lachend.

„Oh, du hast mir auch das Leben gerettet, Herr“, erwiderte Erinäus bescheiden.

„Ja, wir beide haben uns gegenseitig beschützt“, nickte Saturninus. „Deshalb solltest du auch nicht mehr Herr zu mir sagen, denn du bist kein Sklave!“ Der römische Offizier reichte dem Mann aus Damaskus die Hand und Erinäus ergriff und drückte sie voller Freude. „Recht so, es gibt nur einen Herrn und alle Menschen sollen Brüder und Schwestern sein!“, antwortete er.

„Das sagte euer Zimmermann?“

„Das sagt er, ja.“

„Gut, sehen wir also zunächst nach den beiden Männern, die nicht unsere Brüder sein wollten“, sagte der Präfekt mit leichten Spott in der Stimme und öffnete die Tür zum Innenhof. Sie traten hinaus und sahen trotz der Dunkelheit bald die Umrisse der beiden hinab gestürzten Männer dicht beieinander liegen. Wie Saturninus befürchtete, waren sie beide tot, so dass keiner der beiden ihnen noch etwas erzählen konnte – wenn sie es denn überhaupt getan hätten. Einige der Bewohner der Häuser sahen neugierig von ihren Balkonen herab, wie der Präfekt bemerkte. Sobald er jedoch direkt zu den Leuten hoch blickte, verschwanden sie schnell wieder; niemand in dieser Gegend wollte in Schwierigkeiten geraten.

„Wir lassen sie morgen abholen. Gehen wir nun zu Arabella und lassen sie wissen, dass es uns gut geht“, schlug Saturninus vor. Sie gingen zurück zur Wohnung der jungen Frau, die bereits an der Tür auf sie wartete und offensichtlich zum Teil mitbekommen hatte, was geschehen war. Der Präfekt bot ihr an, sie für ein paar Tage mit zu sich nach Hause zu nehmen, doch sie schüttelte den Kopf und lehnte das Angebot ab. „Ich habe meine Tochter und mich immer allein durchgebracht – und ich werde das auch weiterhin tun, Präfekt“, sagte sie stolz.

Saturninus nickte. „Ich werde dennoch ab und zu nach euch sehen“, antwortete er , nahm ihr Gesicht sanft zwischen seine Hände und küsste sie auf die Stirn. Sie ließ sich das ohne Widerspruch gefallen und blickte ihm tief in die Augen. Der Präfekt erwiderte den Blick und für einen Moment vergaßen beide alles um sich herum. Doch dieser Moment zog schnell vorbei. Saturninus und Erinäus verabschiedeten sich von Arabella und verließen die Wohnung und die insulae. Auf dem weiten Rückweg durch das nächtliche Rom, den sie zu Fuß zurücklegen mussten, unterhielten sich die beiden Männer noch lange über die hinter ihnen liegenden Ereignisse. Saturninus erklärte seinem Begleiter die nächsten Schritte. Am nächsten Morgen wollte der Präfekt Senator Drusus aufsuchen, den er verdächtigte, etwas mit den beiden Attentätern zu tun zu haben. Es war immer eine heikle Angelegenheit, einen Senator Roms zu bezichtigen, zumal es sich um einen Patrizier handelte. Doch Saturninus fürchtete sich nicht und wollte jeden, der etwas mit diesen fürchterlichen Morden zu tun hatte, büßen lassen; egal, wie hoch er gestellt war. Er konnte zu diesem Zeitpunkt noch nicht ahnen, dass der Mörder erneut seine Pläne durcheinander bringen würde ...

VII. XXX Nummae

Noch bevor der Präfekt am frühen Morgen kurz vor Sonnenaufgang in der Horta ankam, bemerkte er den Aufruhr und den Lärm, der aus der Kaserne auf die Straße hallte. Im nächsten Augenblick rückte eine Schar Vigiles mit einem Deichselwagen und sich darauf befindlichen Wasserspritzen, einigen Löschdecken und einer großen Anzahl von Eimern aus. „Ein Brand in der Nähe des Mausoleum Augusti", rief einer der Unterführer Saturninus zu, während die Gruppe mit dem Wagen in Richtung Nordwesten loseilte. Der Präfekt blickte seinen Männern hinterher und konnte sich dabei einer seltsamen, unangenehmen Vorahnung nicht erwehren. Ein Feuer am Grabmal des Augustus war eher ungewöhnlich, weil es in dessen Nähe keine der üblichen Mietshäuser oder Lagerschuppen gab, in denen Brände gewöhnlich ausbrachen. Sein ungutes Gefühl bestätigte sich nach etwa einer Stunde, als die Männer wieder in die Kaserne zurückkehrten und umgehend Bericht erstatteten. Der Unterführer betrat das Scriptorium von Saturninus mit bleichem Gesicht. „Herr ...“, begann er stockend, denn seine Stimme versagte.

„Habt ihr den Brand löschen können?“, fragte Saturninus, um das Schweigen zu überbrücken und dem Mann Gelegenheit zu geben, sich zu sammeln. Der Präfekt sah seinem erfahrenen Unterführer sofort an, dass er etwas Furchtbares gesehen haben musste, was über die Erfahrungen eines Vigiles hinaus ging.

„Das Feuer ist gelöscht worden, Herr. Wir ..., wir haben etwas ... anderes gefunden. Zwei ...“ Der Mann brachte wieder kein Wort heraus und schien kurz vor dem Zusammenbruch zu stehen. Saturninus erhob sich hinter seinem Tisch und rückte das Kanapee so zurecht, dass sich sein Untergebener setzten konnte. „Beruhige dich und hole tief Luft, dann berichte ohne Hast“, sagte er im ruhigen Ton.

„Ich habe in meinem Leben schon viel gesehen, Herr. Ich habe in Germanien gegen die schlimmsten Barbaren gekämpft und in Rom so manches Brandopfer aus den Trümmern gezogen ..., doch das ... Wir kamen am Grabmal an und sahen mehrere Feuer in der Nähe des Portals brennen. Es waren jedoch nur einige Stoffballen, die dort brannten und wir dachten, einige Jungen hätten sich einen nächtlichen Streich erlaubt. Doch auf der Rückseite, zwischen den Zypressen des Mausoleums sahen wir sie ..."

„Was saht ihr?", fragte der Präfekt nach, als sein Unterführer wieder schwieg.

„Zwei Kreuze sind dort aufgestellt – und an ihnen hängen die Leichen von zwei Jungen ..., so schlimm zugerichtet, wie ich es noch niemals zuvor gesehen habe, Herr", stöhnte der Mann und schlug sich die Hände vor das Gesicht. Saturninus' Befürchtungen bestätigten sich also auf die schlimmste Weise. Der Mörder hatte wieder zugeschlagen. Die beschriebene Kreuzigung der beiden neuen Opfer waren für den Präfekten bereits ein eindeutiger Beweis, obwohl er selbst noch nicht den Ort der Tat besichtigt hatte. Doch genau das musste er nun augenblicklich nachholen. „Habt ihr den Ort gesichert?", fragte er den Unterführer.

„Ja, Herr. Markus und Julius sind dort geblieben und ich habe zudem eine weitere Patrouille hingeschickt, um alles abzusichern", nickte der Mann.

„Sehr gut gemacht“, lobte Saturninus seinen Untergebenen und klopfte ihm aufmunternd auf die Schultern. „Ich werde mich sofort auf den Weg zum Mausoleum machen. Wenn Erinäus aus Damaskus hier eintrifft, dann sage ihm, er solle alles für die Untersuchung der beiden Leichen vorbereiten.“ Der Unterführer nickte und Saturninus verließ sein Scriptorium. Auf der Treppe kamen ihm Flavius und ein ziemlich übernächtigt aussehender Erinäus bereits entgegen. Offensichtlich hatten sie schon von den erneuten Morden gehört, denn die Männer in der Horta sprachen von nichts anderem mehr. Die Nachricht von der furchtbaren Tat verbreitete sich wie ein Lauffeuer. Gespannt blickten die beiden Männer den Präfekten an. Nachdem er ihnen in knappen Worten erklärt hatte, was er bisher wusste und nun vorhatte, begleiteten sie ihn. Erinäus wollte zunächst mit an den Ort der Tat kommen, um das Szenario des Mordes und den damit sicher wieder verbundenen Zusammenhang mit der christlichen Religion deuten zu können. Saturninus war damit einverstanden und so begaben sich die drei Männer erneut zu einem Tatort, um das Werk des Mörders und seine Opfer zu betrachten. Sie schritten über die breite Via Lata in Richtung Nordwesten, wo das Grabmal des ersten Imperators Roms in der Nähe der Stadtmauer lag. Als sie sich ihrem Ziel näherten, gab es bereits die selbe öffentliche Neugier und Massenansammlung, wie bei dem Opfer im Circus Maximus. Dicht gedrängt strömten die Neugierigen dem Platz vor dem Mausoleum entgegen und ließen dabei den Gerüchten freien Lauf. Vor dem bogenförmigen Eingangsportal des kreisrunden, mit Säulen flankierten Bauwerks versuchten die Vigiles – inzwischen verstärkt durch eine Abteilung Legionäre – die Menge von dem Ort fernzuhalten. Rings um das Gebäude hatten sie eine Kette aus Schilden gebildet, gegen welche die Massen wie eine Brandung anliefen und wieder zurückwichen. Ein überfordert wirkender Zenturio lief aufgeregt hinter der Kette entlang und versuchte die Menschen zurückzuhalten. Saturninus und seine beiden Begleiter gelangten nur mit äußerster Mühe bei den Soldaten an. Der Präfekt musste seine ganze Strenge in die Stimme legen, um die Legionäre davon zu überzeugen, wer er war und dass er das Ansinnen hatte, durch die Kette zu gelangen.

„Niemand darf hier durch, Befehl des Präfekten der Vigiles“, antwortete einer der Soldaten stoisch auf den ersten Versuch von Saturninus, hindurchzukommen.

„Kerl, ich bin der Präfekt und du führst gerade meinen Befehl aus – doch du sollst ihn nicht gegen mich selbst richten!“, antwortete der römische Offizier barsch. Der Legionär zuckte zusammen, grüßte den Präfekten und ließ ihn und seine beiden Begleiter durch den Schilderwall durch. Direkt hinter der Kette erstreckte sich der künstlich angelegte Zypressenhain, der das Mausoleum von der östlichen bis zur nordwestlichen Seite umgab. Durch die schlanken Bäume konnte man bereits schemenhaft erkennen, dass zwei große Holzkreuze dort aufgestellt worden waren. In einigem Abstand dazu standen mehrere Männer aus Saturninus' Truppe und nahmen den Ort der Tat sowohl schriftlich, als auch mit Zeichnungen auf. Sie blickten immer wieder scheu zu den Kreuzen hinauf, an deren Balken geronnenes Blut klebte oder noch wie zähes Harz hinabfloss. Als Saturninus, Flavius und Erinäus ankamen, stockte ihnen der Atem. Erinäus schwieg mit regungslosem Gesichtsausdruck, Flavius drehte sich weg und atmete mehrmals in die geöffneten Handflächen, um die aufkommende Übelkeit zu vertreiben. Saturninus betrachtete die sich bietende Szene mit Kopfschütteln. Die beiden dort an den Kreuzen hängenden Opfer waren das Schlimmste, was er jemals gesehen hatte. In fast unglaublicher Weise, hatte der Mörder sich hier in seiner Grausamkeit noch gesteigert. Beide Opfer waren männlich, auch ihnen fehlten die Augen, Ohren und die Zungen. Die Haut war ihnen abgezogen worden – und zwar gänzlich und in einem Stück. Die Häute hingen lediglich noch von den Füßen der armen Gestalten herab wie Anzüge, die man nicht ganz ausgezogen hatte. In den Hand- und Fußgelenken steckten große Eisennägel, mit denen man die beiden Jungen an die Balken geschlagen hatte. Auffällig waren zwei Holzschilder über den Köpfen der Enthäuteten, auf denen bei dem einen Opfer der Name Romulus und bei dem anderen Remus eingeritzt waren. Als Saturninus näher trat, um sich die beiden Schilder genauer anzusehen, klimperte etwas unter seinen Füßen. Rings um ihn herum lagen silberne Münzen verstreut. Er hob eine davon auf und sah das Profil des Tiberius darauf. Erinäus bemerkte die Münzen auch und sammelte sie auf, wobei er sie zählte. Er kam auf die Zahl 29, zusammen mit der, die Saturninus in der Hand hielt, waren es also genau 30 Silberstücke, wie der Mann aus Damaskus nickend feststellte.

„Was haben die zu bedeuten?“, fragte der Präfekt.

„Dreißig Silberlinge“, antwortete Erinäus düster. „Für diese Summe wurde der Herr von einem seiner Jünger verraten.“

„Es soll also um Verrat gehen – und um Rom, deshalb stellen die beiden Opfer Romulus und Remus, die beiden Väter unserer Stadt dar“, sinnierte Flavius, der sich wieder etwas erholt hatte.

„Rache ist das Hauptmotiv dieser Darstellung“, ergänzte Saturninus. „Rache für die Kreuzigung des Zimmermannes – zumindest sollen wir das denken“, fügte er nachdenklich hinzu.

„Ich mache mir Sorgen darum, was diese Tat noch für Folgen haben könnte“, bemerkte Erinäus und erriett damit die Gedanken des Präfekten. Kaum hatte er das ausgesprochen, als mehrere laut tönende Stimmen zu hören waren, aus der sich vor allem eine besonders hervorhob, die den drei Männern bekannt vorkam. Senator Drusus näherte sich im Gefolge mehrerer Männer – ebenfalls alle aus dem Senat – die sich empört über die Sperre der Soldaten äußerten, die sie eben überwunden hatten. Mit schnellen, fordernden Schritten kamen die Senatoren näher und blieben dann beim Anblick der beiden Gekreuzigten wie erstarrt stehen. „Präfekt, du gehst deutlich über deine Grenzen ...“, hatte Drusus Saturninus eben noch wütend zugerufen, nun stand er mit offenem Mund und vor Entsetzten geweiteten Augen vor den beiden Opfern und blickte zu ihnen hinauf. „Bei den ..., bei den Göttern, das ..., das ...“, stammelte er fassungslos. Der Präfekt beobachtete ihn dabei genau und bekam den Eindruck, dass das Entsetzen bei dem Senator echt und nicht gespielt wirkte. Saturninus hatte Drusus ja bereits im Verdacht gehabt, doch diesen Gedanken verwarf er im selben Moment. Der Senator hatte nichts mit den Morden zu tun, der römische Offizier verließ sich dabei auf seinen Instinkt, wenn er Menschen beobachtete. Dennoch war ihm die Anwesenheit des Senators und der anderen Männer aus dem Rat nicht besonders angenehm, denn sie waren voreingenommen und zogen bereits schon wieder Schlüsse, die vor allem Drusus laut kundtat: „Seht, die Namen der beiden Väter Roms dort oben an den Kreuzen. Das beleidigt sie und uns alle und deshalb auch die Götter“, rief er keifend aus. „Wer will uns dermaßen demütigen und beleidigen, frage ich? Ich sage es euch. Es sind die Chrestiani, die hier in dieser Stadt ihr Unwesen treiben. Wann bereitest du ihnen endlich ein Ende, Präfekt?“

„Es ist in keiner Weise erwiesen, dass sie es waren, Senator“, antwortete Saturninus mit fester Stimme und blickte die anwesenden Männer an.

„So? Welche Beweis benötigst du denn noch?“, fragte Drusus provokant und voller Hass in seinen Augen.

„Welche Beweise hast du für deine Behauptung?“, setzte der Präfekt dem entgegen.

„Bist du mit Blindheit geschlagen, Präfekt? Überall hinterlassen diese Leute ihre verachtenswerten Zeichen an den Ermordeten!“

„Diese Zeichen sind eben zu offensichtlich. Welcher Mörder verrät sich selbst?“, erwiderte Saturninus und erreichte damit zumindest nachdenkliches Schweigen bei seinen Gegnern.

„Die Opfer waren Bürger Roms. Du solltest sie schützen, Präfekt. Wenn du dazu nicht in der Lage bist, müssen wir Senatoren dafür sorgen, dass es künftig jemand anderes tut.“ Mit diesen Worten wandte Drusus sich ab und entfernte sich ohne Gruß zusammen mit den anderen Senatoren von dem Ort. Dies war ein unerhörter Vorgang. Saturninus war das erste Mal in seinem Leben wirklich sprachlos. Die Wut und Empörung schnürten ihm die Kehle zu. Plötzlich spürte er eine Hand auf der Schulter. Es war Flavius, der ihn damit und mit seinem Blick zu verstehen gab, dass er sich nicht zu sehr darin gefangen nehmen lassen sollte. Saturninus atmete tief durch und schluckte seinen Ärger hinunter. Es brachte nichts, seine Emotionen über den Verstand Oberhand gewinnen zu lassen. Der

Präfekt war wieder er selbst und lächelte seinen Untergebenen an. Dennoch ärgerte er sich darüber, dass er dem Mörder noch immer nicht richtig auf der Spur war. Und er wusste, dass die Zeit langsam knapp wurde – die Zeit bis dahin, wo Unschuldige für die Taten büßen mussten ...

VIII. Imperator

Der folgende Tag brachte zumindest einige Erkenntnisse über das ungefähre Alter der beiden männlichen Opfer, nachdem Erinäus sie untersucht hatte. Es waren wie vermutet noch sehr junge Männer; vielleicht 14 oder 15 Jahre alt. Beide waren von schmächtiger, fast weiblicher Figur, was Saturninus zu der Vermutung führte, dass es sich eventuell um Liebesknaben handelte, die gerade in den höheren Kreisen sehr beliebt waren. Diese Annahme fügte sich sehr passend in das Bild ein, das der Präfekt sich zu dem Zusammenhang aller bisherigen Opfer gemacht hatte. Sie alle waren nach seiner Meinung an einem bestimmten Tag zusammen an einem Ort – wahrscheinlich während einer Orgie – gewesen und waren deshalb ins Visier des Mörders geraten. Die Häutung der beiden jungen Männer war mit speziellen Instrumenten und mit großer anatomischer Kenntnis vorgenommen worden. Auch dies war ein weiterer Hinweis für den Präfekten, dass der Täter in der höheren Gesellschaft Roms zu suchen war. Während sich Saturninus mit Erinäus und Flavius besprach, betrat plötzlich ein römischer Offizier mit schwarzer Lederrüstung und purpurnen Reitermantel das Scriptorium, grüßte und fragte nach Saturninus. Der Gesuchte blickte den Prätorianer fragend an. „Ich bin Antonius Saturninus. Was verschafft uns die Ehre des Besuchs von des Kaisers Garde?“, fragte er mit einem leicht ironischen Unterton, denn es bestand seit jeher eine unausgesprochene Fehde zwischen den Prätorianern und den Vigiles.

„Cäsar will dich sprechen, Präfekt“, antwortete der andere Offizier knapp und reichte Saturninus eine Papyrusrolle mit dem Siegel Kaiser Neros. Der Präfekt brach das Siegel und rollte das Schriftstück auseinander. Es war tatsächlich eine Einladung oder Aufforderung zu einer Audienz beim Imperator. Saturninus hatte Cäsar seit seiner eigenen Ernennung zum Präfekt nicht mehr persönlich getroffen. Es war auch keine Selbstverständlichkeit, zum Kaiser geladen zu werden. Nur außerordentliche Umstände konnten der Grund hierfür sein. Natürlich ahnte Saturninus bereits, dass es mit den Morden zusammenhing. Vermutlich hatte Senator Drusus bei Cäsar interveniert und sich über die seiner Meinung nach schleppenden Fortschritte der Untersuchung oder grundsätzlich über Saturninus beschwert. Es war also höchstwahrscheinlich ein äußerst unangenehmer Besuch beim Kaiser – und er sollte bereits am morgigen Tag stattfinden.

„Cäsar befindet sich in seiner Sommerresidenz in Antium", erklärte der Prätorianer. „Er erwartet dich morgen um die Mittagszeit. Nimm dieses Schriftstück als Passierschein mit, Präfekt!" Mit einem knappen Gruß drehte der Gardist sich um und verließ das Scriptorium. Flavius und Erinäus sahen Saturninus fragend an und er erzählte ihnen von seinen Vermutungen bezüglich der Audienz.

„Wenn dieser Ränkeschmied Drusus wirklich beim Kaiser vorgesprochen hat, sollten wir ihn uns vielleicht doch noch einmal vornehmen" schlug Flavius mit wütender Stimme vor.

„Wenn er es war, dürfen wir ihm gerade jetzt nicht zu nahe treten, denn das würde wie Rache aussehen", verneinte Saturninus kopfschüttelnd. „Warten wir zunächst einmal ab, was Cäsar mir zu sagen hat. Auf jeden Fall müssen wir nun noch viel wachsamer sein und mehr Männer auf Patrouille schicken. Ich ahne, dass bald etwas passieren wird und ich möchte keine bösen Überraschungen mehr erleben." Der Präfekt gab seinem Untergebenen noch weitere Anweisungen für die Nacht und den kommenden Tag und bereitete sich dann auf den Besuch beim Kaiser vor. Am darauffolgenden Morgen machte er sich per Pferd auf den Weg in die rund vier Wegstunden südwestlich von Rom liegende Hafenstadt Antium. Über die Via Portuensis gelangte er auf die Straße, die parallel zur Küste verlief. Der Morgen war noch dunstig und trüb und der Präfekt hoffte, dass dies nicht schon ein schlechtes Vorzeichen für sein Zusammentreffen mit dem Kaiser bedeutete. Doch schon bald darauf verwarf er diesen Anflug von Aberglauben und ritt mutig weiter. Zudem verzog sich der Dunst sehr schnell und er setzte seine Reise unter blauem Himmel und mit einer erfrischenden Brise, die vom Meer herüberwehte, fort. Er fing sogar an, diesen Ritt zu genießen. Nicht oft hatte er Gelegenheit, die lärmende Betriebsamkeit Roms zu verlassen und auf das Meer blicken zu können. Auf etwa der

Hälfte der Strecke führte die befestigte Straße durch ein kleines Pinienwäldchen, dessen Schatten Saturninus regelrecht zu einer kurzen Verzehrpause einlud. Etwas abseits der Straße ragte ein kleiner Hügel empor, der von den Stämmen alter Bäume umringt wurde und sich hervorragend als Ort für die Vesper eignete. Der Präfekt stieg ab und führte sein Pferd an den Fuß des Hügels, breitete sich seine Satteldecke aus und setzte sich mit einer Ration Brot, Salz und Wein hin. Er genoss die Ruhe; der Wind raschelte leise durch die Äste und das Zirpen der Zikaden begleitete dieses Rauschen in für ihn beruhigender Weise. Saturninus musst sich regelrecht zusammenreißen, hier nicht einzuschlafen und die Audienz damit zu verpassen. Um sich zu beschäftigen, brach er noch ein Stück Brot ab und wollte noch etwas Wein aus dem Schlauch nachgießen. Zu diesem Zweck beugte er sich vor, um an den Schlauch heranzukommen, was ihm im nächsten Moment das Leben rettete. Die Messerklinge, die sich unbemerkt über ihn erhoben hatte, stach ins Leere. Der Attentäter hatte so viel Schwung in den Stich gelegt, dass er sein Gleichgewicht verlor und den Hügel hinabrutschte, den er hinter Saturninus hinaufgekrochen war, um den Präfekten von hinten zu erstechen. Der so Überraschte reagierte jedoch blitzschnell, in dem er sich mit einem Satz aus der Gefahr brachte. Der Angreifer erhob sich sofort und hielt noch immer sein langes Messer in der Hand. Wild fluchend stürzte er Saturninus hinterher und versuchte erneut auf ihn einzustechen. Der Präfekt war unbewaffnet, denn sein Schwert hing am Sattel des Pferdes und der Angreifer befand sich genau zwischen ihm und dem Tier. Wieder hieb der andere Mann nach Saturninus, der erneut geschickt auswich, jedoch nicht an seine eigene Waffe herankam. Plötzlich stolperte er beinahe über einen armdicken Ast und hob ihn geistesgegenwärtig auf. Endlich besaß er etwas, mit dem er sich verteidigen konnte. Mit einer schnellen Parade reagierte er auf den nächsten Angriff, schlug das Messer seines Gegners beiseite und setzte dann mit einem tiefen Hieb und einem Schlag gegen den Kopf des Angreifers nach. Der andere Mann fiel wie ein Sack zu Boden und blieb reglos liegen. Saturninus holte schnell sein Schwert aus der Satteltasche ging wieder zu dem noch immer bewusstlosen Gegner zurück. Er schob den kräftig und muskulös wirkenden Mann mit den keltischen Zügen mit dem Fuß an und weckte ihn damit aus der Ohnmacht. Zunächst verwirrt, dann erschrocken blickte der Mann auf das Schwert, dessen Klinge auf seinen Hals gerichtet war. „Verstehst du mich?“, fragte Saturninus. Der rothaarige Gegner antwortete nicht, aber seine Mimik verriet dem Präfekten, dass er ihn durchaus verstanden hatte. „Du sprichst meine Sprache und verstehst mich auch. Wer hat dich geschickt?“, versuchte er es erneut. Doch der Kelte schwieg noch immer und blickte ihn mit vor Hass blitzenden Augen an.

„Rede!“ Der Präfekt drückte die Spitze der Klinge noch etwas fester gegen den Kehlkopf seines unterlegenen Gegners. Doch dieser zog vollkommen unerwartet ein zweites Messer aus seiner ledernen Hose und rammte sich die Waffe bis zum Heft ins Herz. Ächzend bäumte er sich noch einmal auf, wobei ein Schwall Blut aus der Wunde spritzte, dann war er tot. Fassungslos blickte Saturninus auf den Toten herab. Wieder hatte sich ein Attentäter selbst gerichtet, um nicht zum Verräter zu werden. „Was seid ihr für Männer? Wer schickt euch und sorgt dafür, dass ihr euch lieber selbst tötet, als zu reden?“, fragte der Präfekt kopfschüttelnd. Auf jeden Fall war er sich sicher, dass auch dieser Mann im Auftrag des Mörders oder dessen Herrn unterwegs gewesen war und es sich nicht um einen gewöhnlichen Dieb oder Räuber handelte. Und noch einer weiteren Tatsache wurde Saturninus sich nun bewusst: er selbst war nirgendwo sicher, und jeder seiner Schritte wurde beobachtet. Doch wie und von wem? Auf jeden Fall war klar, dass er noch vorsichtiger agieren musste und von nun an ständig damit zu rechnen hatte, angegriffen zu werden. Jetzt wollte er zunächst noch einmal die Umgebung absuchen, um vielleicht doch noch einen Hinweis zu erhalten. Hinter dem Hügel, an dem er gerastet hatte, erstreckte sich das Pinienwäldchen noch etwa ein halbes Feld lang, bis man auf eine hügelige Grasebene gelangte. An deren Rand entdeckte der Präfekt das, was er erhofft hatte: das Pferd des Angreifers. Mit beruhigenden Worten näherte er sich dem Tier und untersuchte die Taschen des Sattels.

Zunächst fand er nichts, was auf den Namen des Attentäters oder dessen Auftraggebers hingedeutet hätte. Doch dann entdeckte er etwas, das ihm vielleicht doch noch weiterhelfen konnte – ein in das Leder des Sattels eingebranntes Zeichen. Es schien eine Art Wappen zu sein und zeigte eine sich um ein Schwert windende Schlange. „Äskulap", murmelte Saturninus nachdenklich. Er nahm das Tier mit zurück zu seinem Rastplatz, wickelte dort die Leiche seines Gegners in ein Tuch und band sie auf dem Pferd fest. Dann machte er sich zusammen mit seiner Fracht wieder auf den Weg in Richtung Küste und erreichte nach etwa anderthalb Stunden die schmale Landzunge, auf der die befestigte Stadt Antium lag. Am Stadttor zeigte Saturninus einer verwunderten Wache seine Ladung zum Kaiser und bat mit einigen erklärenden Worten darum, das Pferd mit der Leiche dalassen zu können, da er die Audienz ja schlecht in Begleitung eines Toten in Anspruch nehmen könnte. Die beiden Wachsoldaten blickten nicht gerade begeistert auf das ihnen überlassene Paket, nickten aber und ließen den Präfekten passieren. Saturninus bedankte sich und ritt über die Hauptstraße in die Residenzstadt hinein. Die einstige Königsburg und heftige Widersacherin Roms war nun gänzlich auf die Bedürfnisse Cäsars zugeschnitten. Nero war aus Antium gebürtig und hatte diesen Ort deshalb zu seiner sommerlichen Zufluchtsstätte gemacht. Hier konnte er den Palast bauen, von dem es ihm immer geträumt hatte und hier konnte er trotz seiner herrschaftlichen Stellung auch er selbst – ein Kind dieser Stadt – sein.

Auf der Westseite Antiums, direkt an der etwa zwei Felder breiten Bucht lag die imperiale Villa des Kaisers. Ähnlich einem Dianatempel von schlanken, ionischen Säulen umringt, bildete das Hauptgebäude zusammen mit zwei Flügeln einen Kranz um einen innen liegenden Garten, der sich zur Meerseite öffnete und Cäsar dennoch Schutz vor neugierigen Augen bot. Saturninus näherte sich der von einer Vielzahl von Prätorianern gesicherten Villa und zeigte wiederum seine Ladung mit dem kaiserlichen Siegel darauf vor. Einen Moment später erschien ein etwa fünfzigjähriger Mann mit grauem, schütterem Haar und kräftiger Gestalt am Eingangsportal. Er ging auf den Neuankömmling zu und begrüßte ihn. Saturninus kannte diesen Mann, denn es handelte sich um Tigellinus, den Präfekten der Prätorianer. Als Nachfolger von Burrus, welcher Nero zum Kaiser ausgerufen hatte, stand auch Tigellinus im Ruf der absoluten Treue zum Imperator. Er war insgeheim einer der mächtigsten Männer Roms, denn dem Ausruf der Prätorianer wagte nicht einmal der Senat offen zu widersprechen.

„Sei willkommen, Präfekt Antonius Saturninus. Cäsar erwartet dich bereits", sagte Tigellinus und forderte Saturninus auf, ihm zu folgen. Sie schritten durch das breite Eingangsportal und gelangten in das zentrale Atrium der Villa, das sich prachtvoll mit etlichen Wandfresken und vielen griechischen Themen darstellte. Saturninus wusste, dass Nero die Griechen und vor allem ihre Kunst liebte und verehrte, was sich in der Tat in der Einrichtung dieses Hauses deutlich widerspiegelte. Eine doppelte Bogentür führte hinaus in den Innengarten, der ähnlich eines Amphitheaters mit in einem Halbkreis angeordneten Stufenterassen angelegt war. Direkt dahinter erstreckte sich der feinsandige

Strand der kleinen Privatbucht des Kaisers. Auf einer Empore aus Marmorsteinen inmitten des Gartens stand ein untersetzter Mann in einfacher Tunika und blickte auf das Meer. Seine braunen Locken hingen ihm bis in den Nacken und sahen ungekämmt aus. Als er die Schritte von Tigellinuns und Saturninus hörte, drehte er sich um. Sein Gesicht war pausbackig und von roten Äderchen durchzogen. Er sah eher wie ein Kind, als ein Mann von rund vierzig Jahren aus. Er ging einige Schritte auf die beiden Offiziere zu und humpelte dabei leicht. „Antonius Saturninus", sagte er mit freudiger Stimme und breitete die Arme aus, als begrüße er einen alten Freund. „Wie schön, dass du trotz deiner vielen Aufgaben meinem Ruf so schnell folgen konntest."

„Wer würde Cäsars Ruf nicht folgen", antwortete Saturninus und bot dem Kaiser seinen Gruß. Nun stand er also wieder direkt vor ihm. Nero Claudius Augustus Germanicus Cäsar, neuerdings auch Britannicus, wie der Präfekt in Gedanken hinzufügte. Neben der Befriedung der Icener auf der Insel Britannien hatte Nero einige überraschende außenpolitische Erfolge aufzuweisen, die ihm seine Widersacher hauptsächlich im Senat nicht zugetraut hätten. Saturninus mochte diesen Mann, auch wenn dessen Äußeres – und auch sein Geruch nach Krankheit – nicht gerade sympathiefördernd waren. Doch dieser Kaiser war nicht so herrschsüchtig, wie es ihm seine Feinde gern andichten wollten. Er liebte die Kunst und war eher verträumt.

„Oh, hier draußen bin ich weniger Cäsar als eher Mensch", antwortete Nero wie zur Bestätigung der Gedanken Saturninus'. „Allerdings erreichen meine Pflichten mich leider auch an diesem Ort immer wieder. Vielen Dank, Tigellinus", sagte Nero zu dem Prätorianer und entließ ihn mit einem Wink. „Ich hörte von den furchtbaren Morden, die du untersuchst, Antonius Saturninus", wandte er sich nun wieder an den Präfekten. „Es heißt, eine neue Sekte treibt ihr Unwesen in Rom?"

Neros Stimme erhielt einen seltsamen Unterton bei seinen letzten Worten. Saturninus merkte sofort, dass er nun geprüft wurde. „Ich glaube nicht, dass die Sekte, die du meinst, dahinter steckt, o Cäsar", antwortete er vorsichtig.

„Interessant. Sondern?“, hakte der Kaiser nach.

Saturninus blickte ihm in die Augen. Wie viel wusste Nero und von wem wurde er informiert? Diese Frage stellte sich der Präfekt, denn er war sich nicht sicher, wie offen er mit dem Kaiser sprechen konnte. „Die Morde stehen im Zusammenhang. Wir wissen, dass die Opfer alle zu einem gewissen Zeitpunkt zusammenwaren ... und dort etwas gesehen oder gehört haben, was sie besser nicht mitbekommen hätten. Die religiösen Riten der Morde sind nur ein Vorwand!“

„Was macht dich so sicher, Präfekt?“, wollte Cäsar wissen.

„Ich habe mir die Menschen angesehen, auf welche die viel zu offensichtlichen Zeichen hindeuten sollen – diese Chrestiani. Es sind einfache Leute aus dem Volk ohne Einfluss. Der Mörder schickt uns inzwischen Attentäter. Auf dem Weg hierher wurde ich erneut angegriffen. Nur jemand mit großer Macht kann das arrangieren“, berichtete Saturninus.

„Du bist überfallen worden?“, fragte Nero bestürzt.

„Ja, zum wiederholten Mal. Die Attentäter richteten sich selbst, bevor ich sie zum Sprechen bringen konnte."

Der Kaiser ballte seine Faust vor dem Mund und schritt nachdenklich im Kreis herum. „Du vermutest also jemanden aus höheren Kreisen dahinter", bemerkte er mit hochgezogenen Augenbrauen.

„Ja, Cäsar", bestätigte Saturninus.

„Nun, ich muss dir etwas gestehen, Präfekt: ich vermute es auch", sagte Nero und blieb nun wieder stehen. „Ich glaube auch nicht, dass die Chrestiani die Morde begehen. Aber es gibt Leute, die möchten gerne jeden glauben machen, dass es so wäre."

„Weshalb ... möchten diese Leute das, o Cäsar?", fragte der Präfekt nach, denn der seltsame Tonfall in Neros Stimme blieb ihm nicht verborgen.

„Vielleicht, weil sie ein bestimmtes Erbe als Makel tragen, mein lieber Antonius Saturninus. Ich kann und darf dir leider nicht alles sagen, was ich vermute, denn ich will dich in deinen Untersuchungen nicht zu sehr beeinflussen. Doch solltest du wissen, dass ich mich schon länger mit der Geschichte und der Lehre dieser Chrestiani beschäftige. Was ich dir nun erzähle, bedarf deiner absoluten Verschwiegenheit. Kann ich mich darauf verlassen, Präfekt?", fragte der Kaiser mit einem besonderen Ernst in der Stimme.

„Mit meinem Leben bürge ich dafür, Cäsar", antwortete Saturninus ebenso ernst und überzeugt.

„Gut, ich vertraue dir. Wer nicht mehr vertraut, dessen Herz ist so kalt und erstarrt, wie die eisigen Wüsten im Land der Mitternacht, sagt der große Homer. So höre denn", begann Nero zu erzählen, wobei er seine Stimme senkte und mit verschwörerischer Mimik dichter an Saturninus herantrat. „Zu der Zeit, als jener Zimmermann mit Namen Jesus aus Nazareth lebte, den die Chrestiani so sehr verehren, waren die beiden Brüder des großen Augustus, Cyrenius und Julius, ebenfalls in ihren Ämtern in Kleinasien tätig. Sie trafen den Mann aus Galiläa und hielten offensichtlich sehr große Stücke auf ihn – und zwar so sehr, dass sie ihrem Neffen Tiberius in vielen Briefen darüber schrieben. Cäsar Tiberius schien davon auch sehr angetan zu sein, zumal er es dem Zimmermann wohl auch zu verdanken hatte, dass eine große Menge an Steuergeldern, bestehend aus mehreren Tausend Pfunden Gold und Silber, nicht durch den Tempel in Jerusalem veruntreut und gestohlen wurden, sondern tatsächlich nach Rom gelangten. Dank der Hilfe des Mannes aus Galiläa wurde die Verschwörung durch den Cyrenius aufgedeckt. Wie du dir sicher vorstellen kannst, löste dies damals sehr große Aufmerksamkeit und den Zorn Roms auf die Tempeldiener aus. Aber offenbar auch den Hass der Pharisäer auf den Jesus von Nazareth. All dessen Freundschaft mit den Herrschern über Kleinasien konnte ihm am Ende jedoch nicht vor dem Tod am Kreuz retten."

„Verurteilt von einem Römer", bemerkte Saturninus, der gebannt zuhörte.

„Das ist ja gerade die Sache", nickte Nero und flüsterte dabei. „Es war ausgerechnet der römische Stadthalter Pontius Pilatus, der ihn in einem mehr als fragwürdigen Prozess zum Tode verurteilte – und das, obwohl er offenbar von der Unschuld des Zimmermannes überzeugt war. Eigentlich gab es keinen Anlass dazu, weil sich alle Vorwürfe gegen Jesus als haltlos herausstellten. Doch Pilatus war für seine weibische Schwäche bekannt und das aufgewiegelte Volk forderte den Tod von Jesus. Stell dir vor, Antonius Saturninus, Pilatus folgte dieser Forderung schließlich und ließ stattdessen sogar einen verurteilten Raubmörder mit Namen Barabbas frei. Später musste er sich auf Capreae vor Tiberius verantworten und es stellte sich heraus, dass er mit dem Todesurteil zum Willen des Volkes seine Kompetenzen weit überschritten hatte. Danach hieß es, dass Pilatus sich aufgrund der schweren Schmach selbst gerichtet habe."

„Und die Wahrheit?", wollte Saturninus wissen.

„Nun, er wurde nach Südgallien verbannt und hat damit der Ehre seiner Familie geschadet – aber er starb nicht sondern lebte fort und zeugte einen Erben", antwortete Nero geheimnisvoll.

„Der jetzt erwachsen sein muss", ergänzte der Präfekt nüchtern. Sofort gingen seine Gedanken weiter und knüpften Verbindungen des eben Gehörten mit den Mordfällen, die er untersuchte. „Dieser Sohn des Pilatus hat einen aus seiner Sicht berechtigten Hass auf die Chrestiani und will sie in Rom durch die Ritualmorde ruchbar machen, wobei dies auch nur ein Mittel zum Zweck ist, denn die Opfer wissen von seiner Vergangenheit, die er gern verbergen möchte“, sprach Saturninus seine Gedankengänge aus. Nero nickte zustimmend. „Wie ist der Name des Mannes?“, fragte der Offizier.

„Um das herauszufinden, musst du die geheimen Protokolle über Pilatus in der Bibliothek in Rom einsehen“, antwortete der Kaiser. „Ich selbst kann das nicht tun, um nicht zu viel Aufmerksamkeit zu erregen, mir sind dabei die Hände gebunden. Der Sohn des Pilatus wird mit Sicherheit unter einem anderen Namen aufgewachsen sein. Als Präfekt Vigiles hast du das Recht zur Einsicht der Schriftrollen. Suche den Bibliothekar Perikles auf und bitte ihn um die Protokolle – du wirst sie erhalten. Doch mein Name darf nicht damit verbunden werden. Berufe dich nicht auf mich!“, sagte Nero eindringlich.

„Ich danke dir, o Cäsar. Ich werde dich mit keiner Silbe erwähnen“, versicherte Saturninus und schlug sich mit der Faust auf die Brust. „Ich habe nun durch deine Güte mehr als genug Spuren, denen ich folgen kann.“

„Beeile dich und finde schnell etwas heraus. Ich stehe unter großem Zwang und es gibt viele in Rom, die den Hass schüren“, bemerkte Nero zum Abschied und deutete an, dass die Audienz damit beendet war. Saturninus grüßte den Kaiser und wurde dann von zwei sich in der Nähe aufhaltenden Gardisten aus der Villa des Nero hinausbegleitet. Nachdem er am Tor von Antium das Pferd mit dem getöteten Gegner drauf wieder abgeholt hatte, machte er sich so schnell wie möglich auf den Weg zurück nach Rom.

IX. Inferno

Noch bevor Saturninus am frühen Abend wieder in Rom einreiten konnte, wurde er bereits von Flavius und Erinäus erwartet, die ihm auf der Straße vor der Stadtmauer entgegenkamen und offensichtlich schon ungeduldig auf ihn gewartet hatten. Verwundert blickten sie auf das Pferd und den darauf liegenden Leichnam, den Saturninus mit sich führte. Nach einer kurzen Erklärung der Geschehnisse wartete der Präfekt nun seinerseits auf eine Erklärung dafür, dass die beiden Männer ihn hier bereits erwartet hatten.

„Herr, es gibt große Unruhen in der Stadt“, berichtete Flavius mit besorgter Miene. „An mehreren Stellen hat es heute am Morgen Ausschreitungen römischer Bürger gegen die Chrestiani gegeben. Wir mussten mit einer ganzen Kohorte ausrücken und die aufgebrachte Menge zurückdrängen, sonst hätte es Tote gegeben. Auch wurden einige Brände gelegt, die angeblich die Mitglieder der Sekte verursacht haben – zumindest rufen sich das die Bürger Roms zu.“

„Sie sind mit Sicherheit aufgehetzt worden", bemerkte Saturninus und zog seine Stirn in Falten.

„Das sind sie in der Tat", bestätigte Erinäus die Vermutung. „Es fragt sich nur, wer dafür verantwortlich ist. Meine Brüder und Schwestern sind sehr besorgt!"

„Die gleichen Leute, welche die Morde begangen haben – und die mir diesen Attentäter geschickt haben", antwortete der Präfekt und zeigte Erinäus und Flavius das Wappen auf dem Pferdesattel seines Gegners.

„Äskulap", stellte der Mann aus Damaskus erstaunt fest. „Der Leichnam dort ist ein Medicus?"

„Nein, aber vielleicht der, der ihn geschickt hat", antwortete Saturninus hintergründig.

„Was wollte der Kaiser von dir? Was hat er erzählt?", fragte Flavius neugierig, während die drei Männer in Rom einritten und sich Richtung Campus Agrippinensis bewegten.

„Ich darf leider nicht allzu viel davon erzählen, mein lieber Flavius", entgegnete der Präfekt in einem Ton, der sich ein wenig über die Neugier seines Untergebenen lustig machte. „Nur soviel, dass ich die Bibliothek aufsuche und die historischen Dokumente nach einer bestimmten Person, oder besser nach einem bestimmten Ereignis durchsuchen werde."

„Was genau suchst du?", wollte nun auch Erinäus wissen, denn Saturninus machte es absichtlich spannend.

„Die Gerichtsakten des Pontius Pilatus, des früheren Stadthalters von Jerusalem. Und zwar die über den Fall des Jesus von Nazareth", antwortete der Gefragte und blickte in die erstaunten Gesichter seiner beiden Begleiter. „Diese und die des weiteren Fortlebens des Pilatus – wenn sie denn noch existieren. Mehr darf ich euch nicht erzählen, denn ich habe mein Wort dafür gegeben. Aus diesem Grund gehe ich auch allein in die Bibliothek. Ihr solltet euch die Leiche meines netten Begleiters hier genauer ansehen und auch allen Männer zeigen. Vielleicht kennt einer von ihnen das Gesicht des Kerls und weiß, wie er heißt." Mit diesem Befehl des Präfekten trennten sich die Wege der drei Männer. Während Flavius und Erinäus das fremde Pferd mit seiner Last mitnahmen und zur Horta zurückkehrten, wandte Saturninus sich in Richtung nördliche Stadt zum Hügel Palatin, auf dessen Anhöhe sich das öffentliche, von Cäsar Augustus errichtete Gebäude befand. Wie immer in den heißen Sommermonaten fand das kulturelle Leben und deshalb auch der Besuch der Römer in der Bibliothek in den späten Nachmittag- oder frühen Abendstunden statt. Aus diesem Grund fand sich relativ viel Publikum ein, als Saturninus sein Ziel erreichte. In der Nähe des Apollotempels erhob sich das aus zwei Hauptflügeln und einem Verbindungstrakt bestehende Bauwerk. Auf der vom Haupteingang aus rechten Seite war die römische, auf der linken Seite die griechische Literatur der sehr gut sortierten Bibliothek untergebracht. Wertvolle Abschriften der großen Philosophen befanden sich darunter und der Wissensschatz wurde streng von den Bediensteten und einer extra dafür eingerichteten Wachabteilung geschützt. Jedem Römer war es erlaubt, Einblick in die öffentlichen Dokumente zu nehmen und sie auch von den Schreibern kopieren zu lassen. Doch es gab auch eine Abteilung mit geheimen Schriftstücken, die nicht für jedermann einzusehen waren. Diese war das Ziel von Saturninus, für das er den hinteren Teil des rechten Gebäudeflügels ansteuerte. Der vom Abendlicht der untergehenden Sonne durchflutete Saal beinhaltete neben den hohen Regalen mit den Schriftrollen auch eine Menge an Kunstgegenständen und Skulpturen, die in regelmäßigen Abständen voneinander wie in einer Ausstellung verteilt waren und den Besuchern dieser Bibliothek die Bedeutung dieses Ortes näher bringen sollten. Der Präfekt gelangte bei den Bibliothekaren an und fragte nach Perikles, dessen Namen er vom Kaiser erhalten hatte. Kurz darauf erschien ein sehr alter Mann, der sich auf einen Gehstock stützte und sich nur schlurfend fortbewegte. Er blieb vor Saturninus stehen und blickte ihn fragend an.

„Bist du Perikles?“, wollte der Präfekt wissen. Der alte Mann sah ihn noch immer fragend an und legte seinen Kopf schief, wobei er mit einer zeigenden Geste auf sein Ohr deutete.

„Ein taubstummer Bibliothekar – vielen Dank, o Cäsar“, murmelte Saturninus sarkastisch und wiederholte seine Frage dann deutlich lauter.

„Ja, ja, das bin ich“, nickte der Greis lächelnd. „Was kann ich für dich tun, Herr?“, fragte er mit krächzender Stimme. Saturninus war für einen Moment ratlos, denn er wollte sein Ansinnen natürlich nicht so laut vortragen, dass es gleich jeder mitbekam. Doch dann hatte er eine Idee und trat rasch hinter die trennende Theke, um sich einen Kohlestift und ein Stück Papyrus zu nehmen, auf das er aufschrieb, was er wollte. Dann reichte er das Stück dem alten Bibliothekar in der Hoffnung, dass dieser nicht auch noch halbblind war. Der alte Mann las die Zeilen und wurde dabei deutlich blasser. Er schüttelte seinen kahlen Kopf und raunte: „So etwas haben wir nicht hier, du musst dich irren.“

Wieder schrieb Saturninus etwas auf das Papyrus und reichte es dem Alten. „Präfekt Vigiles“, stand dort geschrieben und der Bibliothekar nickte endlich. „Folge mir, Antonius Saturninus“, sagte er mit plötzlich sehr klarer und lauter Stimme; er kannte den Präfekten also.

„Du verstehst mich?“, fragte Saturninus halb ernst, halb belustigt.

„Natürlich“, antwortete der Alte nickend und führte den römischen Offizier hinter einen purpurnen Vorhang, auf dessen Rückseite eine schmale Wendeltreppe in die Cella des Gebäudes führte.

„Weshalb dann das Theaterstück mit der Schwerhörigkeit?“

„Um die größte Neugier fernzuhalten, Präfekt“, antwortete Perikles und grinste dabei schelmisch. Im Untergeschoss angelangt, führte er Saturninus einen kurzen schmalen Gang entlang, der in einem großen Raum voller Regalwände mündete. Eine Reihe Schreibtische, die von Öllampen beleuchtet wurden, war von Schreibern besetzt, die Schriftrollen vor sich liegen hatten und diese in kunstvoller Kleinarbeit kopierten. Die Männer blickten nur kurz auf, als Perikles und Saturninus den Raum betraten und widmeten sich dann weiter ihrer Arbeit. Der alte Bibliothekar schritt die Reihen der Regale entlang und murmelte dabei für Saturninus unverständliche Worte. Plötzlich blieb er stehen und deutete in die Höhe auf einen Stapel von Rollen, die in einem Fach oberhalb der Reichweite des Präfekten lagen. „Nimm diesen Tritt und steige hinauf“, sagte

Perikles und schob Saturninus eine vierstufige Trittleiter hin. Der Präfekt stieg hinauf und holte die Rollen herunter. Der alte Mann betrachtete sie kurz und nickte dann. „Das sind alle Protokolle. Dort hast du einen Tisch, an dem du sie lesen kannst. Ich lasse dir eine Lampe holen, Präfekt."

„Vielen Dank", antwortete Saturninus und setzte sich an einen freien Tisch, auf den er auch die Rollen ablegen konnte. Nach einigen Augenblicken erschien ein Sklave, der ihm die versprochene Lampe brachte. Der Präfekt bedankte sich und breitete dann die erste Rolle aus. Die Tinte war stark verblasst und es war schwer, etwas daraus zu lesen. Doch Saturninus erkannte sofort, dass es sich hierbei um ein Gerichtsprotokoll handelte. Unten rechts hatten der Protokollant, ein gewisser Marcus Felicus – und auch Pontius Pilatus als Verantwortlicher unterzeichnet. Es handelte sich offenbar wirklich um die Verhandlung des Zimmermannes Jesus von Nazareth, Sohn des Josef, wie der Präfekt bald feststellte. Er bemerkte die Seitennummerierung und sortierte die einzelnen Rollen, so dass er das ganze Protokoll verfolgen konnte. Die Verhandlung war öffentlich und anscheinend auch von hohem Interesse gewesen. Die Angehörigen des Tempels von Jerusalem hatten den Angeklagten des Hochverrates, der Ketzerei und der Beschädigung des heiligen Tempels bezichtigt und erwarteten von Pilatus ein entsprechendes Urteil. Doch der zierte sich zunächst, wie es schien, denn er fand aus römischer Sicht keine Verfehlung des Beschuldigten. Aus diesem Grund ließ er ihn lediglich steupen, um damit ein wenig Druck des Volkes fortzunehmen, wie eine nicht öffentliche Randnotiz in den Akten bewies. Aber diese Maßnahme hatte offenbar nicht die beabsichtigte Wirkung, wie es schien, denn die angestachelte Menge forderte weiterhin den Tod des Jesus. Nach einigem Hin und Her, bei dem auch der damalige Lehenkönig Herodes Antipass eine Rolle spielte, sich aber ebenfalls weigerte, ein Urteil zu sprechen, gab Pilatus dem Ansinnen des Volkes nach und verstieß damit gegen geltendes römisches Recht, was ihm später offenbar zum Verhängnis wurde. Saturninus war fasziniert und sichtete anschließend die Protokolle des Tiberius, die noch weitaus interessanter für den Präfekten waren. Aus ihnen ging hervor, dass der Landpfleger von seinem Posten abberufen und von dem damals bereits sterbenskranken Imperator noch in die Provinz nach Südgallien verbannt wurde – und zwar ohne bestimmte Aufgabe. Fortan fand sich sein Name nur noch in einer Bestätigung der Verbannung durch Tiberius' Nachfolger Caligula, danach tauchte er nicht mehr auf. Doch der seiner Ehefrau Claudia Procula erschien nun in Handelsbriefen und Genehmigungen. Es schien ihr im Lauf der Jahre gelungen zu sein, einen florierenden Weinhandel mit Rom aufzubauen, von dem die Familie trotz Verbannung profitierte. Im zweiten Jahr der Herrschaft des Claudius übernahm schließlich Gaius Octavius, ihr Sohn, den inzwischen zu einem kleinen Imperium gewachsenen Weinhandel. Saturninus atmete tief ein und las die Zeilen nochmals durch. Er hatte ihn gefunden: den Sohn des Pilatus. Dieser war unter anderem Namen reich und somit mächtig geworden. Mächtig genug, um die Morde anzuordnen und Attentäter auf den Präfekt der Vigiles zu hetzen? Saturninus beantwortete sich diese Frage mit einem klaren Ja. Nun fehlte ihm nur noch der ausschlaggebende Grund, um das Gesamtbild zusammen zu fügen. Wenn Gaius Octavius wirklich der Auftraggeber der Morde war und damit die Chrestiani in Verruf bringen wollte, wovon lenkte er dann in Wahrheit ab? Seine Herkunft schien zumindest dem Geschäft nicht zu schaden. Was war es dann? Der Präfekt hatte eine Ahnung und er beabsichtigte, am nächsten Morgen seinen Mentor Senator Crassus aufzusuchen. Es war mittlerweile sehr spät geworden und die meisten Schreiber waren gegangen, also erhob auch Saturninus sich und bat den Sklaven, der die Rollen wieder einsammelte, mehrere Kopien der wichtigsten Dokumente in Auftrag zu geben, die er in den nächsten Tagen abholen wollte. Danach verließ der Präfekt die Bibliothek und ritt nachhause, wo er sich sogleich erschöpft hinlegte. Mitten in der Nacht wurde er durch das Geräusch der Tür zu seinem Schlafgemach wach und richtete sich auf. Sein Sklave Sirius kam mit einer Fackel und einem entsetzten Gesicht herein. „Verzeih, Herr, dass ich deine Ruhe störe, aber Rom brennt“, sagte er aufgeregt mit zitternder Stimme.

„Was?“, rief Saturninus und sprang aus dem Bett.

„Die Stadt brennt an vielen Stellen, man kann unzählige Feuer sehen“, antwortete Sirius.

Der Präfekt eilte zum Fenster seines Gemaches und bemerkte den hellen Schein am Himmel, der das Inferno widerspiegelte. Hunderte von Bränden, hauptsächlich in der Urbs, wie es schien, spieen Flammen und Rauch aus, der sich in der gesamten Stadt verteilte und sie umhüllte. Beißend brannte die Luft in den Lungen, so dass Saturninus schnell wieder sein Fenster schloss. Dann zog er sich rasch an und trat vor das Haus. Flavius kam gerade an und erstattete ihm Bericht: „Hunderte von Feuern brennen, Herr“, erklärte der junge Offizier atemlos und deutete auf die Unterstadt. „Die Flammen schlagen schnell auf andere Gebäude über und wir haben nicht genügend Männer, um sie einzudämmen, obwohl nahezu alle Vigiles im Einsatz sind“, fuhr er hastig fort.

„Wie konnte das passieren, dass sich das Feuer so weit ausbreitet?“, wollte Saturninus wissen.

„Sie sind an verschiedenen Stellen gleichzeitig ausgebrochen – wahrscheinlich alle absichtlich gelegt“, antwortete Flavius düster.

„Welcher Wahnsinnige sollte Rom ...?“ Saturninus vollendete seinen Satz nicht sondern blickte seinen Untergebenen an, der im selben Moment den gleichen Gedanken hatte. „Du bist ihm zu nahe gekommen, Herr“, stellte der junge Offizier nüchtern fest.

„Man wird wieder die Chrestiani für dieses Inferno verantwortlich machen. Wir müssen das verhindern!“, sagte Saturninus ernst.

„Wie willst du das anstellen?“, fragte Flavius voller Zweifel.

„Ich muss hinab in die Subura und ...“

„Aber Herr, es ist gefährlich. Alles brennt und die Häuser stürzen ein.“

„Ja, und das wird genügend Opfer fordern. Es darf nicht noch mehr Tote durch Hass und Gewalt geben“, beharrte Saturninus und ließ sich durch einen Sklaven sein Pferd bringen, das er augenblicklich bestieg. „Such Erinäus und den alten Griechen Tharys auf. Sie sollen ihre Leute warnen und in Sicherheit bringen – am besten in die Horta, bis das Schlimmste vorüber ist!"

Der junge Offizier nickte und machte sich sofort auf den Weg, während Saturninus in Richtung Subura ritt. Seine Sorge galt zunächst Arabella und ihrer Tochter, die sich möglicherweise in Gefahr befanden. Der Präfekt trieb sein Tier an und eilte durch die Straßen des brennenden Roms. Überall herrschte Chaos, Menschen liefen schreiend umher oder suchten ihre Angehörigen. Einige versuchten verzweifelt, die Brände zu löschen. Andere retteten ihre letzten Habseligkeiten und begaben sich dabei in größte Gefahr. An einigen Stellen konnte Saturninus die Löschbemühungen der Vigiles sehen, doch seine Männer kämpften verzweifelt gegen eine Übermacht der Flammen an, die zudem von einem kräftig wehenden Wind noch weiter angefacht wurden. Dichte Rauchschwaden wehten überall umher und nahmen die Sicht und den Atem. Trotzdem gelang es dem Präfekten relativ schnell, voranzukommen und sein Ziel zu erreichen. Auch in diesem Stadtteil brannten etliche Häuser. Die Reihe der insulae, die Saturninus suchte, war ebenfalls betroffen. Zu seiner Erleichterung war der Block, den Arabella bewohnte jedoch nicht betroffen. Dennoch war auch hier die Aufregung unter den Bewohnern sehr groß. Sie strömten aus den Hauseingängen hinaus auf die Straße. Saturninus stieg ab und eilte auf den IV. Eingang zu. Er bekam dabei Gesprächsfetzen mit, in denen die Leute tatsächlich die Chrestiani für die Brände verantwortlich machten und teilweise Racheschwüre ausstießen. Die offenbar gezielt gestreuten Gerüchte verfehlten ihre Absicht also nicht – die Saat des Hasses war gelegt. Der Präfekt betrat das Treppenhaus, in dem ihm einige Leute aus dem Haus entgegen kamen. „Habt ihr Arabella gesehen?“, fragte er sie. Die Menschen antworteten entweder gar nicht oder schüttelten nur die Köpfe und eilten hastig hinaus. Der römische Offizier flog regelrecht die Treppe hinauf, erreichte endlich das obere Stockwerk und ... erstarrte. Die Tür zu Arabellas Wohnung war sichtlich beschädigt und stand halb offen. Voller böser Vorahnungen betrat Saturninus die Wohnung und rief halblaut den Namen der jungen Frau. Es war dunkel, keine Lampe brannte und er fürchtete, jeden Moment über einen am Boden liegenden Körper zu stolpern. Schritt für Schritt tastete er sich voran und versuchte, sich in Erinnerung zu rufen, wie die Wohnung aufgeteilt war und wo welches Möbelstück stand. Nach einiger Zeit gewöhnten sich seine Augen ein wenig an die Finsternis und er fand sich in dem schwach flackernden Schein der Feuer, die draußen noch loderten, einigermaßen zurecht. Zum Glück bestätigten sich seine schlimmsten Befürchtungen nicht. Er fand keine Leichen aber auch keine Spur von Arabella und ihrer Tochter. Klar war Saturninus jedoch, dass etwas geschehen sein musste, denn die Beschädigungen an der Wohnungstür waren von außen verursacht worden. War also jemand gewaltsam hier eingedrungen und hatte Arabella entführt? Die Antwort, die der Präfekt sich selbst gab, entsetzte ihn regelrecht. Der Mörder wusste, dass Saturninus und Arabella sich kannten. Dies war vielleicht seine direkte Antwort auf die Bedrohung durch den Präfekten, der ihm dicht auf der Spur war. So schnell es die Dunkelheit der Wohnung und des Treppenhauses zuließen, eilte Saturninus hinab, schwang sich draußen auf sein Pferd und ritt in Richtung Weststadt. Noch immer brannten die Feuer und erleuchteten den Himmel blutrot, während der römische Offizier über die pons aemilius in den elitären Westen der Stadt gelangte, der eigenartigerweise nahezu verschont von den Flammen blieb, sah man einmal von den Rauchschwaden ab, die auch hier durch die Straßen wehten. Das Zentrum dieses Viertels bildeten Villen und einige Tempel, die mit ihren Gärten um einen zentralen Platz herum lagen. Von dem etwas höher gelegenen Teil dieses Zentrums aus hatte man einen hervorragenden Blick über die gesamte Stadt und den sich davor windenden Fluss. Im Moment konnte man vor allem das gesamte Ausmaß der Katastrophe betrachten. Etliche Bewohner der Villen standen auf ihren Terrassen und beobachteten dieses Schauspiel entweder entsetzt oder froh darüber, nicht selbst betroffen zu sein. Saturninus ritt zum Scheitelpunkt dieser Anhöhe, auf der sein Ziel lag: die Villa von Senator Crassus. Sein alter Mentor sah ihn bereits kommen und kam ihm vor dem Eingang der Villa entgegen. „Antonius, du kommst allein her? Wer leitet die Vigiles in dieser furchtbaren Flammenhölle dort unten?", fragte Crassus in einer Mischung aus Verwunderung und Vorwurf.

„Meine Männer wissen was sie tun müssen. Allerdings kämpfen sie gegen einen übermächtigen Gegner", antwortete der Präfekt und stieg vom Pferd.

„Wie konnte das geschehen? Es ist so furchtbar, ganz Rom scheint zu brennen", bemerkte der alte Senator sorgenvoll.

„Die meisten Feuer sind offensichtlich gelegt worden – und man beschuldigt die Chrestiani dafür", erläuterte Saturninus.

„Das habe ich schon befürchtet", nickte Crassus. „Was gedenkst du zu tun?"

„Sie sollen sich in der Horta versammeln, bis der erste Zorn vorüber ist und wir vielleicht den wahren Täter gefunden haben. Genau deshalb bin ich übrigens auch hergekommen, Senator." Der Präfekt berichtete nun in knappen Worten, was er in der Bibliothek erfahren hatte und fragte Crassus, ob ihm der Name Gaius Octavius etwas sagte.

„Der Weinhändler? Den kenne ich in der Tat“, antwortete der Senator und erfüllte damit die Hoffnung des Präfekten. „Er stammt aus Gallien, wo er ein großes Gut besitzt. Das größte der Provinz, wie man sich erzählt. Und er soll der Sohn des Pilatus sein?“

„Er ist es“, nickte Saturninus.

„Dann glaube ich, nun die Lösung des Rätsels um all die Morde zu erkennen“, sagte Crassus mit gesenkter Stimme.

„Verrate es mir“, forderte Saturninus ihn auf.

„Gaius Octavius aus dem Haus des Claudius will Senator Roms werden, und dabei ist eine Familienchronik mit einem geächteten Vater natürlich nicht als Empfehlung dienlich.“

„Es sei denn, die Masse bringt inzwischen Verständnis für den Vater auf, weil die Chrestiani, dessen Gründer er verurteilte, für so viele Schandtaten gegen Rom und seine Bürger verantwortlich sind“, spann Saturninus die Gedankengänge seines Mentors weiter und nickte dabei. „Endlich ist das gesamte Bild zusammengefügt. Wo befindet sich Gaius Octavius jetzt?“

„Oh, er wohnt nicht weit weg von hier am Fuße der Anhöhe in Richtung Stadtmauer", antwortete der Senator. „Wir können es zu Fuß erreichen, wenn dir das Tempo eines alten Mannes nicht zu langsam ist."

„Ich will mich in der Tat eilen, denn ich befürchte, dass es noch mindestens ein weiteres Opfer geben soll – und das muss ich verhindern!"

„Ist es jemand, den du kennst?", wollte Crassus wissen, während beide Männer sich auf den Weg machten und die andere Seite der Anhöhe hinabstiegen.

„Eine Frau – und ihre Tochter", antwortete Saturninus mit deutlicher Sorge in der Stimme.

„Nun, dann sollten wir uns in der Tat eilen", bemerkte Crassus und versuchte mit dem Präfekten Schritt zu halten.

„Ich weiß noch nicht einmal, ob ich mit meiner Vermutung Recht habe und die beiden dort vorfinde."

„Wir werden es feststellen. Dein Instinkt hat dich bisher selten getäuscht, Antonius Saturninus. Und wenn du Recht hast, dann fangen wir nun einen der schlimmsten Mörder, die Rom je gesehen hat. Ich freue mich auf ein derartiges Abenteuer auf meine alten Tage“, bemerkte Senator Crassus fast übermütig.

X. Homicida

So schnell es die Kondition des alten Mannes zuließ, eilten beide weiter die Straße entlang und gelangten an deren unteren Abschnitt an eine Reihe mit Parzellen, auf denen zweigeschossige Häuser mit großen, sie umgebenen Gärten standen. Nicht weite davon entfernt erhob sich die Stadtmauer Roms mit ihren Wehrtürmen und Wachhäusern. Das letzte Haus dieser Parzellenreihe war von hohen Zypressen umgeben, so dass es von der Straße aus kaum einzusehen war. „Dort ist es nach meiner Meinung", sagte Crassus und deutete darauf. Das aus einem Holzgerüst und gebrannten Ziegeln bestehende Gebäude besaß ein hohes Portal aus zwei Flügeln, die mit reichlichen Schnitzereien versehen waren und die Legende der Entstehung Roms darstellten. Die Wölfin und die beiden von ihr gesäugten Jungen bildeten dabei das Zentrum des kunstvollen Türflügels. Saturninus klopfte laut daran und wartete ab, ob sich etwas regte. Bevor er ein weiteres Mal klopfen konnte, öffnete sich der rechte

Flügel des Portals und ein Sklave in brauner Tunika blickte den Präfekten und den Senator fragend an.

„Wohnt Claudius Gaius Octavius hier?“, fragte Saturninus.

„Dies ist sein Haus, Herr“, antwortete der Sklave mit gesenktem Kopf. „Und wenn du, Antonius Saturninus, der Präfekt der Vigiles bist, erwartet mein Herr dich bereits“, fuhr er fort und gab den Eingang frei. Saturninus und Crassus sahen sich für einen Moment fragend an. Beide waren überrascht von dieser unerwarteten Wende und waren sich bewusst, dass dies eine Falle sein musste. Das konnte nur bedeuten, der Hausherr war der Mörder oder dessen Auftraggeber – und wusste somit über jeden Schritt des Präfekten Bescheid. Trotz der offenbaren Gefahr, in die sie sich nun begaben, traten sie in das Haus ein. Das erste, was ihnen auffiel, waren die schweren, dunklen Vorhänge vor allen Fenstern. Auch am Tage musste es hier drinnen dunkel wie in der Nacht sein. Einige wenige Fackeln erhellten das zentrale Atrium des Hauses, in dessen Mitte zwei breite Treppen in das obere Stockwerk und in die Cella führten. Am Ende der

Treppe, die hinabführte, sah Saturninus eine schwere, mit Eisen beschlagene Tür, die durch mehrere Schlösser gesichert war. Er fragte sich, was sich dahinter verbergen mochte. Sie wurden links an der Treppe vorbei in einen breiten Saal geführt, an dessen Ende mehrere Kanapees vor einem prasselnden Kaminfeuer aufgestellt waren. Ein Tisch mit allerlei Früchten und gefüllten Weinkaraffen schien sie regelrecht einzuladen. Natürlich war dies hier eine Inszenierung, das erkannte der Präfekt sofort. Aber welches „Theaterstück" würde ihn und Crassus hier wohl erwarten, fragte er sich. Der erste Akt erfolgte sogleich in Gestalt eines hochgewachsenen, etwa vierzig Jahre alten Mannes, der den Raum von einer Seitentür her betrat und lächelnd auf die beiden Wartenden zuging, als würde es sich um alte Freunde handeln. „Präfekt Antonius Saturninus Traja, endlich lernen wir uns einmal kennen. Und wie ich sehe, hast du noch hohen Besuch mitgebracht. Senator Crassus, sei auch du in meiner bescheidenen Behausung willkommen." Der überschwänglichen Begrüßung des Hausherrn folgte die Einladung, sich doch auf die Kanapees zu legen und Früchte und Wein zu genießen.

„Wir sind nicht hergekommen, um zu plaudern", entgegnete Saturninus und blickte dem Mann mit dem kurzgeschorenen, bereits stark ergrauten Haar fest in die Augen. Für einen kurzen Moment hielt Gaius Octavius dem Blick stand. Das Lächeln verschwand aus seinem Gesicht und seine Miene verfinsterte sich. „Nein, Präfekt, dafür bist du nicht hergekommen. Aber wofür dann?"

„Wir beide kennen die Antwort", erwiderte Saturninus.

„Ich weiß, dass du nach mir suchst und Erkundigungen in der Bibliothek über mich und meine Familie eingeholt hast. All das weiß ich – nicht aber, weshalb du das machtest."

„Du bist der Sohn des Pilatus, eines vom Kaiser Geächteten. Dieses Geheimnis möchtest du für dich behalten – um jeden Preis."

„Ja, ich bin Pilatus' Sohn und ja, mein Vater wurde durch Tiberius und Caligula geächtet. Dafür, dass er in dem verfluchten Land mit seiner verfluchten Religion seinen Dienst für Rom getan hat, dafür hat man ihm zum Dank die Verbannung geschenkt. Rom ist ungerecht, deshalb behalte ich meine Abstammung für mich. Was ist so verwerflich daran?"

„Daran nichts. Es sei denn, andere müssten mit ihrem Leben bezahlen, weil sie das wussten und du gern Senator werden möchtest", stichelte Saturninus.

„Die fünf Getöteten haben nichts mit mir zu tun. Ich kenne sie überhaupt nicht. Du bis ein Phantast, Präfekt", brauste Gaius Octavius auf.

„Woher weißt du, dass es fünf sind?", konterte Saturninus. Sein Gegenüber blickte ihn entsetzt an und bemerkte seinen Fehler. „Es ... ich ... ich weiß viele Dinge. Ich habe überall meine Augen und Ohren", versuchte er sich aus der Affäre zu ziehen.

Statt weiter darauf einzugehen, hob der Präfekt plötzlich einen der Kristallweinkelche vom Tisch hoch und betrachtete ihn. „Der sieht sehr kostbar aus. Ist er es?", fragte er vollkommen unvermittelt.

„Wie ..., was ..., natürlich", antwortete der Hausherr verwundert. Ohne Vorwarnung warf Saturninus ihm den Kelch zu. Gaius Octavius fing ihn auf und schüttelte ungläubig den Kopf. „Bist du wahnsinnig geworden?“ rief er mit hochrotem Gesicht.

„Nein, ich wollte nur sehen, ob du Linkshänder bist. Du hast das Glas mit der rechten Hand gefangen – der Mörder bist du wahrscheinlich nicht“, antwortete Saturninus mit beiläufiger Stimme.

Anstatt weiterhin wütend zu reagieren, fing Gaius Octavius plötzlich an zu lachen und schüttelte dabei seinen Kopf. „Präfekt Antonius Saturninus, in dir stecken wirklich viele Talente, das muss man dir lassen“, sagte er immer noch lachend. „Aber ich glaube, dass auch ich in der Lage bin, dich zu überraschen“, fuhr er fort und klatschte einmal in die Hände. Augenblicklich erschien ein weiterer Mann durch die Nebentür und gesellte sich zum Hausherrn. Sowohl Saturninus als auch Crassus starrten den Neuankömmling fassungslos an. Der Präfekt fühlte sich in diesem Moment, als würde ihm jemand mit vollster Wucht in den Magen schlagen. Jetzt begriff er, wie der Mörder immer genau über seine Schritte informiert gewesen sein konnte – er hatte sie ihm oft selbst mitgeteilt. „Erinäus“, sagte er mit belegter Stimme.

„Nicht wahr, Präfekt? Diese Überraschung ist mir wahrlich gelungen“, bemerkte Gaius Octavius mit gespielter Fröhlichkeit, aber mit echter Schadenfreude. „Erinäus dient meiner Familie seit vielen Jahrzehnten. Er ist ein hervorragender Schauspieler und ein noch viel besserer Medicus. Seine anatomischen Kenntnisse haben eine derartige Reife erlangt, dass er in der Lage ist, die schlimmsten Schmerzen und die furchtbarsten Verletzungen zuzufügen, ohne dass derjenige stirbt“, pries er die Fähigkeiten des nun offensichtlichen Mörders. „Seine Opfer hat er übrigens nicht einfach ohne Grund gewählt. Sie waren Zeuge einer schwachen Stunde meinerseits, die der Wein mir bescherte und in der ich unvorsichtig meine Herkunft preisgab. Der Großhändler Tillius Cravius war mein Gast, sein Sklave, die Hure und die beiden Lustknaben waren zur Zerstreuung dabei und hatten das Pech, keine tauben Ohren zu besitzen. So haben wir sie für ihre hohe Aufgabe ausgewählt“, erzählte Gaius Octavius im Plauderton weiter. Saturninus und Crassus waren noch immer fassungslos und standen wie angewurzelt da, während sie den Mann anstarrten, der sie beide so sehr getäuscht hatte. Erinäus schien hingegen vollkommen emotionslos zu sein und zog ein eher gelangweiltes Gesicht, was natürlich auch eine Maskerade sein konnte.

„Aber ..., aber er ist kein Linkshänder“, sagte Saturninus kopfschüttelnd.

„Präfekt“, antwortete Erinäus in einem fast bemitleidendem Ton, „es ist belanglos, mit welcher Hand ich jemanden die Kehle durchtrenne. Ich habe das lediglich getan, um die Suche nach dem Mörder möglichst schwierig zu gestalten.“

„Und ich Narr bin darauf reingefallen“, flüsterte der römische Offizier und schlug sich mit der flachen Hand gegen die Stirn.

„Ja, du bist einfältig und leicht zu beeinflussen“, lachte Gaius Octavius. „Nur an einer Stelle bist du leider nicht in die beabsichtigte Richtung gelaufen.“

„Die Chrestiani“, antwortete Saturninus nickend.

„Ja, die Chrestiani“, bestätigte der Hausherr. „Wir haben lange Zeit gebraucht, bis Erinäus das Vertrauen dieser Sekte bekam und sie ihn einweihten in ihre perversen Regeln und Riten. Doch dann bekam er tiefe Einblicke in ihre Religion und machte sie sich bei seinen Kunstwerken zu Nutze. Als er die erste Leiche untersuchte, sollte er dich eigentlich auf die richtige Fährte locken, aber du bist leider zu schnell vom richtigen Pfad wieder abgekommen, weil du schwach bist, Präfekt."

„Als ich den Brustkorb der Hure öffnete", ergänzte Erinäus mit einem süffisanten Lächeln, „du erinnerst dich sicher, Präfekt, denn deine Gesichtsfarbe veränderte sich zu einem nahezu göttlichen Blass, habe ich dich absichtlich auf das Ritual der Taufe aufmerksam zu machen versucht. Aber es dauerte, bis du endlich verstanden hattest."

„Was ist mit der Verletzung an jenem Abend in Subura, als die beiden Attentäter auf uns schossen?", fragte Saturninus, der seine Fassung langsam wieder zurück erhielt und nun alles genau wissen wollte.

„Oh, die beiden wussten nichts von mir und ihr erster Schuss sollte eigentlich dich treffen, doch sie versagten leider. Aber dadurch wurde meine Rolle noch glaubwürdiger und du hast mich sogar fortan als Freund betrachtet", antwortete Erinäus hämisch grinsend.

„Du bist stolz auf deine Taten, nicht wahr?“, fragte der Präfekt verächtlich.

„Ich bin ein Künstler des Lebens und des Todes“, nickte der Gefragte stolz. „Aber ich habe mein Werk noch nicht ganz vollendet. Zwei weitere Figuren fehlen noch. Du kennst sie, Präfekt – ich glaube sogar, sie sind dir teuer. Die rothaarige Hure und ihr Bastard!“

„Du wirst sie nicht anrühren“, zischte Saturninus voller Wut und legte die Hand an sein Schwert.

„Wer sollte ihn davon abhalten?“, mischte sich Gaius Octavius nun wieder ein. „Du scheinst noch nicht verstanden zu haben, in welcher Lage du dich befindest“, fuhr er fort und klatschte ein weiteres Mal in die Hände. Im nächsten Moment sahen sich Saturninus und Crassus von einer Horde bewaffneter Männer umzingelt, die offensichtlich die ganze Zeit hinter den Vorhängen gelauert und nur auf das Zeichen ihres Herrn gewartet hatten. Die Falle schnappte also zu, wie der Präfekt nüchtern feststellte.

„Dachtest du wirklich, wir ließen euch wieder gehen, nachdem ihr nun alles erfahren habt?“, fragte

Gaius Octavius beinahe ungläubig. „Es ist aus, Präfekt Antonius Saturninus. Übrigens auch mit dir, Senator Crassus. Ich werde mein Ziel erreichen und euch wird man niemals wiederfinden, weil ihr ein Opfer der Flammen geworden seid. Aber keine Sorge, ihr werdet als Helden Roms beweint werden, die jedoch von den Chrestiani hinterrücks ermordet wurden. Alle werden dann davon erfahren und diese Sekte dann der gerechten Rache Roms ausliefern."

„Man wird die Wahrheit erfahren", erwiderte Saturninus mit vor Wut zitternder Stimme.

„Die Wahrheit – die Wahrheit wird sich so gestalten, wie wir es wollen, Präfekt. Dessen sei dir ganz sicher. Es ist bereits alles eingeleitet und auch Cäsar wird uns am Ende zustimmen – oder er wird als Brandstifter untergehen", sagte Gaius Octavius selbstsicher. „Wir sind mächtig, Antonius Saturninus. So mächtig, dass du es dir nicht vorstellen kannst. Doch genug geplaudert. Ich glaube, Erinäus sollte nun sein Kunstwerk vollenden."

„Das werde ich in der Tat", antwortete der Mann aus Damaskus und ging näher an Saturninus heran, um ihn direkt in die Augen zu blicken. „Ich gehe nun hinab in die Cella und werde mich Arabella und ihrer Tochter widmen, Präfekt. Ich werde sie nacheinander schänden und dann langsam ihr Innerstes nach außen kehren. Sie bekommen das alles mit, verlass dich darauf. Es wird lange dauern, unendlich lange und es wird der Höhepunkt des Glaubens der Chrestiani sein: die Auferstehung des Fleisches. Rom wird entsetzt sein, wenn man die beiden findet, glaube es mir!"

„Du verdammter Bastard", fauchte Saturninus und wollte seine Waffe ziehen, um Erinäus damit zu stoppen. Doch sofort reagierten die bewaffneten Männer um ihn herum und hielten ihn mit ihren Schwertern in Schach, so dass er sich nicht rühren konnte. Erinäus lachte ihn hämisch aus und verabschiedete sich mit einer gespielten Verbeugung. Der Präfekt sah ihm verzweifelt hinterher und überlegte fieberhaft, wie er ihn noch stoppen konnte. Doch die Situation schien ausweglos zu sein. Gaius Octavius würde ihn und Crassus sicher gleich töten lassen, was Saturninus in diesem Moment fast wie eine Erlösung vorkam, so sehr grämte er sich über das bevorstehende Schicksal Arabellas und ihrer Tochter. In der Tat wollte der Hausherr auch gerade den Befehl dazu geben, als es plötzlich am Eingangsportal krachte und laute Schreie aus dem vorderen Atrium zu vernehmen waren. Kurz darauf stürmte eine Abteilung bewaffneter Vigiles unter der Führung von Flavius herein und stürzte sich auf die Männer von Gaius Octavius. Diese waren vollkommen überrumpelt und nutzen deshalb auch den Präfekten nicht als Schutzschild. Saturninus erkannte seine Chance, griff zu seiner Waffe und streckte den ihn am nächsten stehenden Gegner nieder. Ein wütender Kampf entbrannte in dem Saal. Die Vigiles waren zahlenmäßig stark überlegen und erhielten schnell die Oberhand über die Gegner.

„Ich muss jemanden retten", rief Saturninus Flavius zu und deutete in Richtung cella. Dann befreite er sich aus dem Gewühl der Kämpfenden und eilte zurück ins Atrium und von dort aus die Treppe hinab. Die Tür mit den vielen Riegeln stand nun halb offen und der Präfekt stieß sie mit seiner Waffe vorsichtig auf. Er war umsichtig genug, nicht einfach blind hineinzustürmen und dann vielleicht in ein offenes Messer zu laufen. Hinter der Tür erstreckte sich jedoch nur ein leerer Gang, der schmal und niedrig war und an dessen Ende sich offensichtlich eine zweite Tür befand. Saturninus schlich sich so leise er konnte den Gang entlang und blieb vor der nächsten Tür stehen, um zu lauschen. Trotz aller gebotener Eile wollte er nicht wieder in eine Falle laufen. Vielleicht hatte Erinäus den Kampflärm mitbekommen und wartete nun nur darauf, dass jemand hinter ihm herlief. Ein gellender Schrei hinter der Tür warf jedoch alle Zurückhaltung und Vorsicht Saturninus' über den Haufen. Er riss die Tür auf und stürmte mit vorgehaltenem Schwert in den Raum, der sich dahinter befand. Es war eher eine Kammer, nicht viel größer als das Schlafgemach eines Sklaven, jedoch voller Utensilien, die der Mörder für seine Folterungen benötigte. Zwei Steintische in der Mitte des Raumes waren mit Hand-, Brust- und Fußfesseln aus Leder versehen. Auf ihnen lagen Arabella und ihre Tochter und waren fest angeschnallt. Davor stand ein weiterer Tisch aus Holz, auf dem eine ganze Reihe Messer, scharfe Löffel und Skalpelle lagen. Zudem hingen etliche Ketten mit Haken daran von der Decke. In einem Regal rechts der Tische standen seltsam geformte Glaskolben, die unbekannte Flüssigkeiten enthielten und über Kerzenflammen siedeten. Als Saturninus hereingestürzt war, hatte Erinäus sich gerade mit einem der Messer über die Tochter Arabellas gebeugt und wollte sie damit offensichtlich verletzen. Das Kind blickte ihn voller Panik an und versuchte verzweifelt, sich irgendwie zu befreien. Der Kopf des Mörders wirbelte herum und sah den Präfekten mit einer Mischung aus Wut und Verwunderung an. Offenbar hatte er doch nichts von dem Kampf mitbekommen und erschrak nun darüber, Saturninus hier zu sehen, den er doch schon tot geglaubt hatte.

„Weg von ihr, lass sie in Ruhe", befahl der Präfekt mit schneidender Stimme, die in der Kammer seltsam nachhallte. Anstatt Saturninus anzugreifen, hielt Erinäus dem Mädchen die scharfe Klinge an den Hals und drohte damit, ihr die Kehle durchzuschneiden. „Weiche zurück oder sie stirbt augenblicklich", zischte der Mann aus Damaskus mit zu

Schlitzen verengten Augen. Saturninus trat zwei Schritte zurück und ließ sein Schwert langsam sinken. „Du musst ihr nichts tun, Erinäus", sagte er beruhigend. „Sie ist ein Kind und völlig ohne Schuld."

„Versuch nicht, mit Vernunft zu betören, Präfekt. Genau deshalb ist sie das perfekte Opfer", erwiderte Erinäus wütend. „Rom soll empört sein über die Grausamkeit der Chrestiani", zischte er.

„Aber die Grausamkeit kommt von dir, nicht von ihnen", bemerkte Saturninus und versuchte dabei, unmerklich wieder einige Schritte näher an seinen Gegner heranzukommen. „Woher kommt nur dein Hass auf diese Menschen? Ich habe die ganze Zeit angenommen, du gehörst zu ihnen."

„Ich habe lange unter ihnen gelebt – im Auftrag meines Herrn Gaius Octavius, den ich von Kindheit an beschütze. Und ich konnte sie täuschen, obwohl sie klug wie die Schlangen sind, damit sie in Rom nicht auffallen. Aber glaube mir, Präfekt, sie sind nicht besser als andere Menschen, aber sie halten sich für besser. Sie beten zu einem Gott, der von ihnen verlangt, dass sie sein Blut trinken und sein

Fleisch essen sollen – und sie hassen meinen Herrn nach wie vor abgrundtief. Deshalb hasse ich sie!“ Während Erinäus sich regelrecht in seine Wut hineinsteigerte, drückte seine Hand den Griff des Messers so kräftig, dass seine Knöchel weiß hervortraten. Saturninus spürte, dass gleich etwas geschehen würde, denn sein Gegner meinte es ernst und würde das Kind schwer verletzen oder gar töten. Sein eigener Abstand zu ihm war noch immer zu groß, um ihn mit dem Schwert angreifen zu können. Doch eine der Glasampullen mit einer kochenden Flüssigkeit stand rechts neben dem Präfekten in greifbarer Nähe. Er wusste nicht, dass es sich um den Sud einer Pflanze handelte, die vor Bewusstlosigkeit bewahrte, in welche die Opfer vor Qual manchmal fielen. Er schätzte nur das Risiko ab und musste sich entscheiden. Als würden Arabella und ihre Tochter ahnen, dass ein entscheidender Moment gekommen war, verhielten sie sich vollkommen ruhig und starrten Saturninus gebannt an. Blitzschnell griff er nach dem Glaskolben und überwand den Reflex loszulassen, denn er verbrannte sich die Hand am heißen Glas. Mit vollster

Wucht schleuderte er die Flüssigkeit gegen Erinäus' Gesicht und traf es auch. Wie wahnsinnig brüllend, fasste der Mörder sich an die getroffenen Stellen und drehte sich von seinem Opfer weg. Diesen Moment nutzte der römische Offizier und umrundete den Tisch, auf dem das Mädchen lag. Doch Erinäus wollte nicht aufgeben und hieb blind und äußerst wütend mit der scharfen Klinge durch die Luft, während er zurückwich. Der Präfekt setzte ihm nach und schlug ihm mit dem Schwert das Messer aus der Hand. Sein Gegner heulte auf wie ein verwundetes Tier und sprang Saturninus entgegen – und damit genau in die Klinge des Schwertes hinein, die tief in seine Brust eindrang. Röchelnd, zuckend und mit geschwollenen Augen sank er zu Boden, wobei ein Schwall Blut aus seinem Mund schoss. Dann blieb er reglos liegen. Saturninus stützte sich keuchend auf den Tisch und schnappte zunächst einmal nach Luft. Als er sich etwas erholt hatte, sah er sich um und fand den Schlüssel für die Fesseln. Er befreite Arabella und ihre Tochter und beide fielen ihm um den Hals, um sich minutenlang zitternd an ihm festzuhalten. Erst nach einer ganzen Weile beruhigten sie sich und der Präfekt konnte mit ihnen die Folterkammer verlassen. Oben kamen ihnen zwei Vigiles entgegen, die den Auftrag bekommen hatten, nach Saturninus zu suchen. Flavius und seine Männer waren siegreich gewesen und hatten einige ihrer Gegner, darunter auch Gaius Octavius, festgenommen. Der junge Unterführer stand am Fuß der Treppe im Atrium und erteilte Befehle. Als er seinen Vorgesetzten erblickte, hellte sich sein Gesicht auf. „Den Göttern sei Dank, du bist unversehrt“, sagte er hocherfreut und kam auf Saturninus und die beiden Geretteten zu.

„Ich weiß nicht, welchen Göttern der Dank gebührt, aber du und die Männer habt ihn auf jeden Fall verdient“, antwortete Saturninus und legte seinem Untergebenen freundschaftlich die Hände auf die Schultern. „Aber weshalb seid ihr überhaut hier hergekommen?“, wollte er wissen.

„Ich sollte mich auf deinen Befehl hin auf die Suche nach Erinäus und Tharys machen und habe den alten Griechen auch bald gefunden. Als ich nach Erinäus fragte, antwortete der Alte mir, dieser sei unterwegs zu einem Senator. Ich dachte natürlich an Crassus und habe dort nachgefragt. Ein Sklave des Hauses berichtete mir, dass Crassus und du eilig losgezogen seid, um das Haus des Gaius Octavius aufzusuchen. Von einem Erinäus wusste er nichts. Das alles kam mir mehr als seltsam vor und so eilten die Männer und ich euch nach – zu Recht, wie sich zeigt, denn schon am Eingansportal kam man uns feindselig entgegen", berichtete der junge Offizier. „Wir haben sie niedergerungen und diesen Gaius Octavius festgenommen, doch wir konnten nicht verhindern, dass Crassus verletzt wurde", fuhr er mit seinem Bericht fort.

„Was? Wo ist der Senator?", fragte Saturninus erschrocken.

„Er liegt in dem Saal, in dem der Kampf stattfand. Ich habe sogleich nach einem Medicus geschickt – aber ich fürchte ..."

Der Präfekt stürzte in den besagten Raum und sah Crassus auf einem Diwan liegen. Der alte Mann hatte eine Bauchwunde, die zwar versorgt worden war, aber immer noch sehr stark blutete. Er stöhnte vor Schmerz und winkte Saturninus heran, als er ihn erkannte. „An ... Antonius ..., ich... sterbe“, ächzte er.

„Sprich nicht, gleich erscheint ein Medicus“, unterbrach Saturninus seinen alten Freund und Mentor. Doch der schüttelte seinen Kopf. „Ich... sterbe und... werde den... Herrn sehen. Mache ... dir keine ... Ge ... Gedanken. Doch sei ... sei vorsich ... vorsichtig, sie sind ... so ... so mäch ... tig.“ Crassus atmete noch einmal aus und sackte dann zusammen. Der Präfekt erhob sich, wischte sich die Tränen aus den Augen und verließ den Saal. Im Atrium ging er auf Gaius Octavius zu und blickte ihn wütend an. „Du wirst dich vor einem römischen Gericht verantworten müssen, dem ich angehören werde!“, sagte er mit finsterer Miene.

„Du hast immer noch nicht verstanden, Präfekt“, erwiderte der Angesprochene unbeeindruckt. „Wir sind mächtig und haben überall Freunde. In wenigen Tagen werde ich wieder frei sein!“

„Nur wenn ich tot bin“, zischte der Präfekt.

„Dann sei es so!“

„Führt ihn ab und steckt ihn in das dunkelste Verlies der Horta“, befahl Saturninus seinen Männern.

Sein Befehl wurde sofort umgesetzt und die Vigiles rückten ab. Der römische Offizier begleitete den toten Senator, der auf einer Ehrenbahre getragen wurde, zu dessen Haus zurück. Der Nachthimmel über Rom wurde noch immer vom Schein vieler Feuer erhellt und leuchtete drohend rot wie ein böses Omen. Nachdem der Leichnam der Familie übergeben worden war und der Präfekt ihm die letzte Ehre in Form einer halbstündigen Totenwache gegeben hatte, kehrte Saturninus allein zur Horta der Vigiles zurück.

XI. Culpa Chrestiani

Inzwischen graute ein von Rauchschwaden schwangerer Morgen und die Sonne erhob sich grellrot hinter einem Schleier, der wie eine Glocke über der Stadt hing. Müde und erschöpft gelangte er an seinem Ziel an. Der Innenhof war voll von kampierenden Menschen, während sich auf der Straße davor eine wütende Menge zu bilden begann, die den Vigiles Versagen vorwarf und offensichtlich mitbekommen hatte, dass die Chrestiani in der Kaserne Schutz suchten. Kurz nachdem Saturninus angekommen war, wuchs die Gruppe der wütenden Bürger vor der Horta zu einer großen Masse an. Die Rufchöre wurden lauter und drohender. Der Präfekt ordnete an, dass sich seine Männer vor dem Tor postierten. Die Menschen im Hof bekamen Angst und fingen an zu beten, während sich der alte Grieche Tharys an Saturninus wandte und um weiteren Schutz bat.

„Fürchtet euch nicht. So lange ihr hier seid, seid ihr auch sicher“, versuchte der Präfekt ihn zu beruhigen. „Die Leute werden es nicht wagen in eine

Horta der Vigiles einzudringen und meine Männer sind ausreichend bewaffnet, um sie im Zaum zu halten." Saturninus' Stimme klang optimistischer, als er es in Wahrheit selbst war. Doch wie es schien, ließ sich die Menge draußen tatsächlich durch die Soldaten zurückhalten. Die Leute riefen zwar weiterhin wütende und hasserfüllte Parolen, wagten sich jedoch nicht näher. Gegen Mittag war die Situation noch immer unverändert, wobei sich einige der Wütenden sogar zurückgezogen hatten. Saturninus stand am Fenster seines Scriptoriums und entspannte sich etwas, denn die befürchtete Katastrophe blieb offenbar aus. Doch plötzlich tat sich etwas draußen auf der Straße und die Menge teilte sich. Ein größerer Trupp Prätorianer marschierte hindurch und kam in den Innenhof der Kaserne hinein, um sich dort aufzustellen. Ein Offizier betrat das Hauptgebäude und kam in den Dienstraum des Präfekten. Er grüßte kurz und überreichte Saturninus eine Papyrusrolle – wiederum mit dem Siegel des Kaisers. Saturninus öffnete die Rolle und las die Zeilen, die direkt an ihn gerichtet waren:

Präfekt Vigiles, Antonius Saturninus,

hiermit gebe ich, Claudius Nero Britannicus, Imperator Roms bekannt, dass der furchtbare Brand der Stadt von der Sekte der Chrestiani absichtlich gelegt wurde. Alle Angehörigen dieser Sekte und diejenigen, die sich zu ihr bekennen, sind sofort festzunehmen. Ich begrüße deshalb deine Initiative, viele von ihnen bereits in der Horta Vigiles festgehalten zu haben und bitte dich, sie an die Prätorianer auszuliefern – sie werden ihrer gerechten Strafe entgegensehen. Der Gefangene Gaius Octavius aus dem Haus des Claudius ist hingegen umgehend freizulassen, denn er ist ein unbescholtener und sehr geachteter Bürger Roms.

Es schreibt dir dies

Claudius Nero Britannicus Cäsar

Saturninus legte die Papyrusrolle zur Seite und fuhr sich mit der Hand über das Gesicht. Die Befehle Cäsars waren eindeutig von fremder Hand geschrieben, aber mit seiner Unterschrift und dem kaiserlichen Siegel versehen. Somit galten die Anordnungen als unumstößlich und er hatte sie zu befolgen. Durch die Absicht, die Chrestiani zu schützen, hatte er sie jedoch ausgeliefert. Er überlegte angestrengt, wie er das verhindern konnte, doch eine offene Konfrontation mit den Prätorianern war unmöglich – es gab keinen Ausweg mehr. Die Menschen dort unten waren verloren, weil eine Lüge sie für schuldig erklärte. Auch ihr Zimmermanngott würde sie nicht mehr aus dieser Lage retten können, dachte der Präfekt verbittert. Dabei hatte er beinahe angefangen, an ihn zu glauben ...

„Präfekt?“, fragte der Prätorianer drängend. „Ich habe meine Befehle.“

„Ja, ich weiß. Führe deine Befehle aus, Zenturio“, antwortete der Präfekt und verbarg sein Gesicht in den Händen, während der andere Offizier das Scriptorium verließ und die Menschen unten im Hof zusammentreiben und abführen ließ. Sein einziger Trost war in diesem Moment, dass er Arabella und ihre Tochter zu sich in die Domus Traja hatte bringen lassen und sie nun nicht mit dabei waren. Doch das bedeutete mit Sicherheit noch nicht das Ende der Verfolgung dieser Menschen – eher erst den Anfang. Wie lange konnte er die junge Frau und das Kind schützen, die doch ebenfalls mit den

Chrestiani sympathisierten? Antonius Saturninus goss sich einen Becher Wein ein und malte die Umrisse eines Fisches auf den Tisch – es sah aus, als sei er mit Blut gezeichnet ...

finis

Björn Harmening

wurde 1966 in Salzgitter geboren und lebt heute mit seiner Familie im alten Dorfkern der Industriestadt. Beruflich ist der gelernte Elektroinstallateur in der IG Metall engagiert und arbeitet gewerkschaftlich im Volkswagenwerk Salzgitter.

In seiner Freizeit interessiert er sich vor allem für asiatische Kampfkünste wie das koreanische Taekwondo und das chinesische Quan Dao Kung Fu und schreibt natürlich Romane aus verschiedenen Genres, darunter Fantasy, Kinderbücher aber auch politische Texte und Satire.

2010 wurde der 2-bändige Roman: „Der Zeitenjäger" im AAVAA Verlag veröffentlicht., 2011 Der Roman: „Der Traum des kleinen Häuptlings".

Weiterhin wurden verschiedene Kurzgeschichten, Gedichte und Artikel von Björn Harmening in Anthologien, Zeitungen und Magazinen veröffentlicht. Hauptsächlich sind die Texte des Autors jedoch auf seiner privaten Homepage als eBooks zu lesen.

Alle im AAVAA Verlag erschienenen Bücher sind
in den Formaten Taschenbuch und
Taschenbuch mit extra großer Schrift
sowie als eBook erhältlich.

Bestellen Sie bequem und deutschlandweit
versandkostenfrei über unsere Website:

www.aavaa-verlag.com

Wir freuen uns auf Ihren Besuch und informieren Sie gern
über unser ständig wachsendes Sortiment.

Björn Harmening
Historischer Roman
1944/1945
Der Traum des kleinen
Häuptlings
AAVAA
VERLAG

BJÖRN HARMENING
Der Zeitenjäger
Band 1

AAVAA

VERLAG

www.aavaa-verlag.com